KB135897

누군가

아픈

밤

누군가 아픈 밤

정인 소설집

호밀밭

차례

화마(火魔)   7

누군가 아픈 밤   37

소리의 함정   73

아무 곳에도 없는   107

이식(移植)의 시간   145

꽃 중에 꽃   183

해설   232

작가의 말   254

화마(火魔)

집에 불이 난 것은 한낮이었다. 한창 영화를 보던 중이
었다. 그날따라 한낮에 영화를 본 것은 몇 달 동안 계속된
불안과 염려에서 잠시나마 벗어나고 싶어서였다. 그동안
우울할 때는 밝고 명랑한 분위기의 영화를 보는 게 꽤 도
움이 되었다. 그런데 그날은 아무런 도움도 되지 못했다.
그리스의 아름다운 섬 풍경이 화면을 가득 메우고 경쾌한
멜로디가 끊임없이 흘러나왔지만 마음은 여전히 어두운
동굴 속에 갇힌 것 같았다. 다른 날보다 더 어깨가 처져
서 출근한 남편의 뒷모습이 자꾸 떠올라 집중이 되지 않
았다. 그래도 울적할 때면 그 영화를 보면서 마음을 다잡
았던 습관 때문에 TV를 끌 수가 없었다. 어떻게든 기운을
차려서 저녁에는 나라도 생기 있는 얼굴을 하고 싶었다.

화재경보가 자지러지게 울어댄 것은 TV 볼륨을 조금
더 높였을 때였다. 처음엔 시끄럽다고 누가 인터폰을 한
줄 알았다. 제바람에 놀라 얼른 볼륨을 줄이고 나니 복도
에서 화재경보가 울려대고 있었다. 와락 짜증이 치밀었

다. 그 소리에 벌써 몇 번이나 속았던 것이다. 이사 온 다음날 경보음이 요란하게 울려서 신발도 제대로 신지 못하고 뛰쳐나간 적이 있었다. 복도에는 아무도 없었다. 나는 의아하고 놀란 마음에 아래, 위층으로 동동거리며 뛰어다니다가 아무 집 벨이나 눌렀다. 마침 집에 있던 이웃집 여자가 문을 열더니 무슨 일인지 알겠다는 듯 웃으며, 걸핏하면 그렇게 오작동을 하니 신경 쓰지 말라고 했다. 나는 혼자 낯을 붉히며 돌아섰다. 그 후에도 그런 일이 서너 번 더 있었다.

경보음은 계속 울려댔다. 나는 더는 속지 않을 작정으로 볼륨을 다시 높였다. 그때, 안내방송이 흘러나왔다. 꽁무니에 불이라도 붙은 듯 다급한 소리였다.

"알립니다! 알립니다! 지금 1,2라인 복도에서 연기가 계속 새나오고 있습니다. 각 세대에서는 지금 바로 가스레인지를 살펴보시기 바랍니다. 다시 한번 알립니다…."

레인지에 뭘 올려놓고 누군가 깜박 잠이라도 든 모양이었다. 천 이백 세대가 사는 아파트단지에 그런 소동쯤이야 한 번씩 있는 일이었다. 그래도 완전히 안심할 수는 없었다. 나는 리모컨의 정지 버튼을 눌러놓고 부엌으로 갔다. 당연히 부엌은 말끔했다. 가스레인지 위는 말할 것도 없고 개수대의 물 자국까지 바싹 말라 있었다. 나는 다시 소파에 몸을 묻었다. 설사 어느 집에서 뭘 좀 태워서 연기가 난다고 해도 낮이니 큰 문제는 없을 터였다. 그런데 화면이 작동되기도 전에 이번에는 인터폰이 울렸다. 성가셨지만 모른 척할 수가 없었다. 인터폰을 들자 경비원이 숫제 고함을 지르며 상황을 확인했다.

"그 댁 가스레인지 확인했습니까?"

나는 인상을 찡그린 채 우리 집에는 아무 일도 없다고 잘라 말했다. 경비원이 투덜거렸다.

"하, 참. 연기가 9층 복도에서 자꾸 기나오는데 앞집도 아니고, 그 집도 아니라면 대체 어느 집이란 말야….."

경비원의 목소리가 폰 너머로 멀어졌다. 나는 다시 소파에 앉았다. 몸살 약을 먹은 때문인지 전신이 나른했다. 소파에 드러누우려는데 뭔가 타는 냄새가 코끝을 잡아챘다. 생전 처음 맡아보는 고약한 냄새였다. 부엌으로 가보았지만 달라진 것은 없었다. 물론 다리미의 코드는 빠져 있었고, 전원에 연결돼 있는 것도 없었다.

나는 고개를 갸웃한 채 현관 쪽으로 돌아섰다. 중문 너머에서 뭔가 부서지고 뒤틀리는 소리가 나는 것 같았다. 이상한 예감에 서둘러 현관으로 나갔다. 중문 너머가 칠

혹이었다. 불길했다. 문을 열려 했지만 평소보다 더 말을 듣지 않았다. 한 번 더 기를 쓰고서야 찔끔 열린 문틈으로 시커먼 연기와 후끈한 열기가 뭉클 밀려들었다. 나는 비명을 지르며 잽싸게 문을 닫았다. 순간, 신장 안에서 불길이 한 움큼 치솟았다 사라졌다. 두렵기 짝이 없는 검붉은 색이었다.

나는 공포에 휩싸여 다용도실로 갔다. 잠깐 사이에 유독가스를 마신 것인지 걸음이 휘청거렸다. 중심을 잡을 수가 없었다. 벽을 짚고 겨우 걸음을 떼놓으며 방문을 하나하나 닫았다. 불에 전신을 데이더라도 이 집을 잃을 순 없었다. 그동안 집 하나를 갖기 위해 얼마나 악착스레 살았던가. 그 위급한 순간에 이상하게 그런 생각들이 뒤죽박죽 머릿속을 굴러다녔다.

가까스로 다용도실에 다다르자 고맙게도 초겨울 바람이 나를 맞았다. 나는 허겁지겁 폐부 깊숙이 신선한 공기를 들이마셨다. 매캐했던 머릿속이 좀 맑아졌다. 덜덜 떨면서도 창턱을 잡고 간신히 일어섰다. 밖에는 어느새 뛰쳐나온 사람들이 삼삼오오 모여 웅성거리고 있었다. 나는 그들을 향해 필사적으로 외쳤다.

"살려주세요! 우리 집 현관에서 불이 났어요! 나갈 수가 없어요!"

몇 번이나 온 힘을 다해 외쳤지만 누구도 내 말을 듣지 못했다. 멀리서 소방차의 사이렌 소리가 났다. 소리는 영원히 가까워지지 않을 것처럼 멀리서 들려왔다. 아, 제발, 절 좀 살려주세요! 제발, 절, 좀, 봐달라고요! 나는 허공을 향해 손을 마구 내저으며 외쳤다. 간신히 한 여자가 나를 보았다. 아이고, 저 사람, 저기서 뭐해! 빨리 안 내려오고! 빨리 내려와요! 불났어요! 불! 여자가 외치는 소리가 먼 메아리처럼 들렸다. 누군가 나를 발견했다는 사실에 안도감이 밀려왔다. 아이구! 어떡해! 9층이네, 9층! 그 절규 같은 소리들이 아득해지는 속에서 나는 정신을 잃었다.

경찰서에서 우리를 호출한 것은 이틀 후였다. 전화를 받자 담당 형사가 빠르고 사무적인 어투로 말했다.

"그날 화재 사건에 대해서 간단하게 진술해주시면 됩니다. 남편분과 함께 오시고, 가능하면 빨리 방문해주시면 좋겠습니다."

나는 저녁 식탁에 앉아 남편에게 형사의 말을 그대로 전했다.

"우리가 불낸 것도 아닌데 왜 바쁜 사람을 오라 가라야.

대체 왜 그런대?"

그는 국을 떠먹다 말고 숟가락을 던지듯 내려놓으며 소
리를 질렀다. 촛불이 놀란 듯 흔들렸다. 나도 놀라서 그를
쳐다보았다. 그도 소리를 질러놓곤 무안했던지 계면쩍은
표정이 되었다. 전 같으면 미안하다고 했을 텐데 말도 없
이 다시 숟가락을 들었다.

그가 버럭거리는 것은 최근에 생긴 버릇이었다. 지나친
스트레스가 그의 감정 조절 기능을 망가뜨린 것 같았다.
인근에 대형마트가 들어서면서 우리는 차츰 위태로운 상
황으로 내몰리고 있었다. 문제는 출구를 찾을 수가 없다
는 것이었다. 애당초 해선 안 될 싸움을 시작한 셈이었다.
그의 고집 때문이었다. 내가 피라미와 골리앗의 싸움이라
며 아무리 말려도 듣지 않았다. 한자리에서 십 년 넘게 중
형 급의 슈퍼마켓을 운영하는 동안 단골이 많은 것을 믿
은 게 잘못이었다.

그는 근처에 생기는 대형마트의 개점을 앞두고 공격적
인 투자를 했다. 은행 대출금으로 매장을 대대적으로 리
모델링하고, 제품의 구색을 더욱 다양하게 갖추었다. 노
력에 걸맞게 처음에는 고객 수가 느는 것 같았다. 그는 자
신의 선택에 의기양양해 했다. 그런데 한 달이 채 되기도

전에 방문객 수가 줄기 시작하더니 이젠 거의 빠져나가고 없었다. 그것이 세상인심이란 걸 뒤늦게 깨달은 그는 뼈저리게 후회했지만 소용없었다. 매출은 줄었는데 상품대금 결제일과 대출이자 날짜는 꼬박꼬박 다가왔다. 아파트의 대출금도 아직 남아 있었다. 한 달 전에는 배달을 다녀오던 직원이 교통사고를 당해서 병원 신세를 지고 있었다. 불과 몇 달 사이에 모든 상황이 그렇게 나빠질 수 있다는 것이 믿어지지 않을 정도였다.

그는 혼자 몇 사람 몫을 하며 하루하루 버티고 있었다. 나도 카운터를 지키며 고정비용을 줄이려 안간힘을 쓰다가 결국은 지독한 몸살로 드러누웠다. 한꺼번에 닥친 악재가 너무 고통스러워 차라리 그날, 일찌감치 약에 취해 잠들었다면 더 좋지 않았을까 하는 생각을 할 정도였다.

나는 조마조마한 심정으로 그를 쳐다보았다. 고단해 뵈는 이마에 주름이 깊었다. 그의 가슴에는 얼마나 더 깊은 주름이 새겨져 있을까. 그동안 살림을 조금씩 늘리며 살 수 있었던 것이 평생 성실하게, 열심히 산 보상이라 생각했는데 어쩌다 이 지경이 되었나. 서글프고 한탄스러웠지만 내색하지 않았다.

"…우리가 불낸 건 아니지만, 우리 집에 불이 났으니 어쩌겠어? 오라니 가 봐야지. 근데 가정집에 불난 것도 경찰서에 가서 진술을 해야 하나 봐?"

"내가 어떻게 알아! 국립과학수사연구소에서 현장 감식도 하러 오는데 경찰서에서 못 부를 게 뭐야. 엊그저께 그 자식들, 내 참, 기가 막혀서…. 질문이 그게 뭐야? 나를 바라보는 눈빛은 또 어떻고…, 꼭 내가 고의적으로 불낸 것처럼 굴었잖아. 당신도 봤지?"

그가 느닷없이 목청을 높였다. 보긴 했는데… 그게 그렇게 보였나? 그런 질문은 할 수도 있는 거 아닌가? 생각했지만 입 밖에 내지 않았다. 이제 그의 신경은 벼린 칼끝 같아서 자칫 베일 수도 있었다. 서로 베지 않기 위해선 조심하는 수밖에 없었다.

이틀 전 저녁 무렵, 그들은 연락도 없이 왔다. 제대로 닫히지 않은 출입문 너머에서 인기척이 나서 내다보니 두 남자가 서성이고 있었다. 양복 차림의 나이 든 남자와 옆머리를 짧게 쳐올린 젊은 남자였다.

"안 그래도 기다리고 있었어요. 날씨가 추워지는데 문부터 좀 달아주세요. 현관이 이 모양이니 길바닥에 나앉은 것 같아요."

나는 화재전담수리팀이 방문할 거라는 연락을 받은 참

이어서 서슴없이 그들을 안으로 들였다. 그러자 나이 든 남자가 난처한 얼굴로 명함을 내밀며 말했다.

"아, 저희는 국립과학수사연구소에서 화재 현장 감식을 위해 나왔습니다."

나는 생각지도 않게 받아든 명함을 물끄러미 내려다보았다. 익히 들어온 '국립과학수사연구소'라는 어휘가 그 순간 그렇게 생소할 수가 없었다. 불이 좀 났기로서니 그런 데서까지 나와서 현장을 감식하는 것이 이해가 되지 않았다. 화재 현장이면 어디든 그들이 출동한다고 해도 나로선 처음 겪는 일이라 의아하기는 마찬가지였다.

"많이 놀라셨겠습니다. 다행히 운이 좋으셨습니다. 무엇보다 밤이 아니었던 게 다행이고요. 아파트의 밤 화재는 아주 치명적이니까요. 근데 이 경우도 참 드문 케이습니다. 한낮이었고, 사람도 집에 있었는데 이렇게나 현관이 타도록 몰랐다니…. 어쨌거나 오늘 저희가 온 것은, 불이 어디서 어떻게 발생했는지, 그 원인을 밝혀내기 위해섭니다. 사모님께서는 몇 가지 질문에 답만 해주시면 됩니다."

남자는 불행한 일을 당한 사람에게 할 수 있는 만큼의 예의를 갖춰 말했다. 그러나 집에 있으면서 이렇게 현관을 다 태워먹도록 몰랐다니! 라고, 그이처럼 나를 비웃는 것 같아서 내심 불쾌하고 창피했다.

"이 사람들은 왜 온다고만 하고 여태 안 오는 거야!"

나는 화풀이하듯 짜증 섞인 불평을 하고 돌아섰다. 등 뒤에서 젊은 남자가 달래듯이 말했다.

"인테리어 팀은 내일이나 돼야 들어올 겁니다. 현장 감식이 끝나야 수리가 가능하거든요."

현장 감식이라뇨? 이게 범죄 현장이라도 된다는 거예요? 나는 혀끝에 들러붙는 말을 간신히 삼켰다. 나는 몰랐지만 화재 현장에서는 으레 하는 일일 게 분명했다.

그들은 자못 심각한 얼굴로 눌어붙은 신발이 가득 찬 신장부터 들여다보았다. 나도 슬그머니 돌아서서 시커멓게 아가리를 벌린 신장을 쳐다보았다. 그곳에는 숯덩이가 된 신발들이 뒤엉켜 악취를 풍기고 있었다. 그뿐인가. 거센 불길을 마지막까지 막아낸 중문은 겨우 매달려 있고, 벽지는 검은 휘장처럼 늘어져 들이치는 바람에 연방 너풀거렸다. 그때마다 검은 부스러기들이 떨어져 날벌레처럼 집안을 날아다녔다. 방화수에 흠뻑 젖은 마룻장은 꺼멓게 변한 채 여기저기 들떠 있었다.

불과 이십여 분 사이에 현관은 숯굴처럼 변하고, 그을

음 자국으로 얼룩진 집안은 을씨년스러웠다. 그 흔적들을 아파트화재보험에서 해결해 준다니 그나마 다행이었다. 그러나 모든 것이 더디기만 했다. 더 견디기 힘든 것은 지난 이틀 동안 그 흉한 꼬락서니를 평소 가깝지도 않던 이웃들까지 다 보고 간 것이었다. 그들은 약간의 안쓰러움과 의아함, 말 없는 질책, 가벼운 동정이 깃든 눈길을 하고 현관문이 기우듬히 붙어 있는 집안을 기웃거렸다. 어떤 이는 어째 그리도 몰랐냐고, 자칫 아파트가 날아갈 뻔했다며 은근히 나를 힐난했다. 나는 잠자코 있었다. 말마따나 자칫 아파트 전체를 위험에 빠뜨릴 뻔한 죄 때문이었다.

나는 하루빨리 모든 것을 제자리로 돌려서 그 사실을 잊고 싶었다. 과학적인 수사보다 조각난 일상을 빨리 되돌려서 따뜻한 집에서 편히 잠들고 싶었다. 그래서 수리 팀을 간절히 기다렸는데 감식이 끝나야 온다니! 아아, 새삼 진저리가 쳐졌다.

얼마나 지났을까. 두 남자는 도저히 무언지 알아볼 수 없게 타버린 물건을 뜯어와 마주 보고 앉았다. 나는 커피를 끓여다놓고 그들을 지켜보았다. 그들의 표정에는 빈틈이 없었다. 나지막하게 주고받는 말들은 잘 들리지 않았다. 해가 지자 기온이 내려가는지 현관을 드나드는 바람이 더욱 차가워졌다. 서서히 어둠이 내릴 준비를 하고 있는 것이다.

한참 동안 핀셋으로 숯덩이 같은 물체를 뒤적이던 나이든 남자가 마침내 허리를 펴더니 나를 돌아보았다.

"추정컨대 이 배전반에서 화재가 발생한 것 같습니다."

나는 어깨를 옹송그리며 습관적으로 고개를 끄덕였다. 더 이상 아무것도 궁금하지 않았다. 그들이 빨리 돌아가기만을 바랐다. 나의 시큰둥한 기색에 나이 든 남자가 설명을 덧붙이려는데 그가 인기척도 없이 들어섰다. 추위 때문인지 얼굴이 오래된 밀가루 반죽처럼 굳어 있었다. 그는 집 안에 있는 낯선 남자들을 보고 놀란 눈치였다. 내가 자초지종을 말해주자 그가 갑자기 연한 오이처럼 사근거리며 남자들의 곁에 쪼그리고 앉았다.

"뭐, 원인이 명확하게 나왔습니까?"

젊은 남자가 배전반을 비닐 케이스에 조심스럽게 담으며 대꾸했다.

"아마 누전이겠지만 너무 타버려서 원인을 명확히 밝힐 수가 없습니다. 이걸 정밀하게 살펴봐야 결과가 나올 것 같습니다."

젊은 남자가 비닐봉지에 넣은 걸 들어 보였다.

"아, 이렇게 새까맣게 타버려도 원인 분석이 가능한 모양이죠? 아파트가 오래되다 보니까 이래저래 문제점이 많습니다. 이사 들어오면서 인테리어를 했는데, 그때 합선 요인이 생겼나?"

그가 무언가 생각하는 눈빛으로 말했다. 나이 든 남자가 그럴 수도 있다는 듯 고개를 두어 번 끄덕이고는 나를 돌아보았다.

"근데 사모님께서는 집에 계셨다면서 어째 이리 되도록 모르셨죠?"

남자는 이제 정식으로 물었다. 나는 갑작스러운 질문에 놀라서 눈을 연거푸 깜박거렸다. 그날의 상황에 대해서는 더 얘기하고 싶지 않았다. 그가 있는 데서는 더욱 싫었다. 그는 그날 이후 걸핏하면 나를 한심해하는 눈길로 흘겨보았다. 그때마다 뾰족한 바늘 끝으로 손톱 밑을 콕콕 찔러대는 것 같았다.

그가 내게는 눈길도 주지 않고 한숨을 내쉬더니 덧붙였다.

"몸살이 났다더니 영화를 보고 있었더라고요. 잠이나 푹 자고 일어나면 괜찮을 줄 알고 쉬라 했는데…."

"영화를 틀어놓고 잠들 수도 있죠. 저도 그런 버릇이 있거든요. 그런데… 그날, 사모님이 댁에 있는 걸 안 사람이 남편 말고 또 누가 있습니까?"

나이 든 남자가 다시 물었다. 나는 고개를 저었다. 그들은 더 이상 말없이 배전반을 챙겨서 떠났다. 문 앞까지 나가 그들을 배웅하고 돌아온 그도 더는 말이 없었다.

그는 그 얘기를 하는 것이다. 그게 그렇게나 불쾌했던가. 그리 친절하게 대해 놓고선….

"그 사람들이야 직업이 그러니까 그런 식으로 물었겠지. 뭘 그렇게 신경을 써요?"

나는 식탁을 훔치며 말했다. 촛불을 들고 방으로 들어가려던 그가 돌아섰다. 나를 노려보는 눈길이 어느 때보다 싸늘했다. 그는 점점 더 예전의 모습을 잃어가고 있었다. 그럴 때마다 내 마음도 스산해졌다.

"이 답답한 여자야! 불난 집에 여자 혼자 있는 걸 남편 말고는 아는 사람이 없다! 그럼, 남자가 보험금 탐나서 누전으로 가장해 불을 냈다고 얼마든지 만들 수 있는 거야. 적어도 오라 가라 사람 귀찮게는 만들 수 있는 거라고! 이 판국에, 내가 그런 데까지 엮여서 속을 끓여야겠어? 그렇게 아둔하니까 집에 처박혀 있으면서 불 난 것도 몰랐지. 이 꼴이 뭐야, 이게. 우리가 지금 화전민이야? 피난민이야? 이틀씩이나 전기도, 가스도 없이 이게 무슨 꼴이냐고!"

그는 한바탕 소리를 질러놓곤 안방 문을 거칠게 닫고 들어가 버렸다. 나는 멍하니 그의 뒷모습을 쳐다보았다. 듣고 보니 틀린 말은 아니었지만 어처구니가 없었다. 너무 지나친 염려가 아닌가. 보험을 넣어놓긴 했나? 걱정은…. 나는 속으로 구시렁거리며 행주를 개수대에 던져버렸다. 마루를 밝히고 있던 촛불들이 일제히 일렁거렸다. 양초의 몽환적인 불꽃으로 겨우 따뜻함을 유지하고 있던 삭막한 실내풍경도 따라 흔들렸다. 나는 설거지할 생각을 접고 소파에 주저앉았다.

사실 대낮에 집에 불이 난 것은 드문 일이었다. 한낮에 현관이 다 타버리고 그을음에 휩싸인 집안에서 구조되어 나온 것은 한심하기까지 했다. 그러나 살다 보면 그럴 수도 있는 거 아닌가. 그의 말대로 너무 태평스럽거나 아둔해서만 꼭 그런 건 아니지 않은가. 설사 그렇다 해도 얼마 전까지는 나도 그렇지 않았다. 그와 함께 치열하고 위태로운 삶의 틈바구니에서 잘살아 보려고 죽을힘을 다

했다. 학습지 교사도 하고, 무허가 어린이집에서 보육교사 노릇도 했다. 다시는 만나고 싶지 않은 사람 앞에서도 잘 웃고, 학부모들의 비위를 거스르지 않으려 애를 쓰기도 했다. 날마다 맨발로 뜨거운 자갈밭을 걷는 기분이 들어도 더 나은 미래를 꿈꾸며 씩씩하게 잘 견뎠다. 그도, 나도 젊었기에 늘 희망적이었다. 그 속에서 세월이 흘렀다. 생활은 차츰 윤택해졌다. 월세로 시작했다가 마침내 집을 갖게 되었고, 소형승용차에서 중형승용차를 갈아타고 씀씀이도 조금씩 나아졌다. 아이들도 건강하게 잘 자라주었다. 그러다가 그가 회사를 퇴직한 후 알량한 저금에 여기저기서 끌어넣은 자본으로 슈퍼마켓을 시작했을 때는 아침부터 저녁까지 다리가 부어터지도록 계산대에 서 있었다. 틈이 나면 매장의 물건들을 보기 좋게 정렬하고, 한 명이라도 더 단골로 만들기 위해 마음을 썼다. 그때도 언젠가 반드시 좋은 결과가 있으리라 믿었고, 그렇게 되는 듯도 했다. 결국 우리를 위기에 빠뜨린 건 과욕이었고, 그동안 실패하지 않음으로써 갖게 된 교만이었다.

벽에 비친 그림자가 바람과 함께 흔들렸다. 눈을 감았다. 흐릿한 의식으로 하늘을 보았을 때 눈을 찌르던 햇살의 느낌이 선명하게 되살아났다. 사람들이 나를 발견하고 지르던 고함 소리도 들려왔다. 그 순간, 이제 살았다는 안도감이 나를 휘감았다. 그 따뜻한 느낌이 새삼 살아났지만 파고드는 추위를 이길 수는 없었다.

나는 우리가 함께 살을 비볐던 안방 문을 멀거니 쳐다보았다. 그가 닫고 들어간 문은 완강하게 나를 밀어내고 있었다. 그의 품에 안겨보지 못한 게 언제부터인가.

그는 눈앞에 버틴 절벽을 어떻게도 피해가기가 어렵다는 걸 알게 된 후부터 자주 술에 취했다. 한동안 입에 대지 않던 술을 마시고는 앞이 보이지 않는 절망감에 자주 울었다. 다 털어버리고 다시 시작하자고, 정 안 되면 시골로 가자고, 시골에는 일손이 모자란다더라고 위로라도 할라치면 그렇게 여유만만해서 좋겠다고 비아냥거렸다. 실은 나도 무서웠다. 이 나이에 어떻게 다시 시작할 수 있을지, 과연 시작할 수나 있을지 알 수 없어서 암담하기만 했다. 그는 내가 얼마나 두려워하는지에 대해선 관심이 없었다. 그래도 그를 위로하며 이 파국을 이겨보려고 얼마나 애쓰고 있는지 알려고도 하지 않았다. 그동안 응급처방이 되었던 비상금도 이젠 바닥난 상태였다. 급할 때면 이게 마지막이라고 내놓은 게 정말 마지막이 된 지가 오래였다.

두어 주 전, 우리는 그 문제로 다퉜다. 그날도 그는 술에 취해 늦게 귀가했다. 나는 따라서 방에 들어갔다가 우뚝 서버렸다. 그는 옷도 벗지 못한 채 짐짝처럼 바로 침대에 쓰러졌다. 침대에 웅크리고 누운 그는 만신창이가 된 채 길바닥에 버려진 무녀리 같았다. 그의 눈꼬리를 타고 눈물이 흐르고 있었다.

여보-. 나는 무너질 듯한 느낌으로 침대 모서리에 걸터 앉았다. 그가 게슴츠레 눈을 떴다. 눈물을 닦을 생각도 않고 나를 쳐다보는 눈자위가 너무 붉어 핏물이 한 움큼 고여 있는 것 같았다. 옷이나 벗고 자요. 나는 글썽해지는 눈물을 보이지 않으려 눈길을 피하며 그의 옷깃을 잡았다. 별안간 그가 나를 밀치고 일어나 앉으며 물었다.

"당신, 돈 좀 있지?"

그를 돌아보자 눈빛이 더욱 붉어져 있었다. 그의 말뜻을 알기에 한숨부터 나왔다.

"그랬으면 진즉 내놨겠지. 그럴 수가 없어서 나도 맘이 아파요."

그가 코웃음을 쳤다. 홍시가 썩어가는 것 같은 냄새가 물씬 풍겼다.

"당신처럼 알뜰한 사람이 이런 일에 대비하지 않았을 리가 없어. 그동안에도 그 덕에 늘 위기를 모면할 수 있었잖아? 이번엔 정말 마지막이야. 이번에 정리하고 나면 떠날 거야. 그렇게 아등바등해도 결국 빈털터리가 되고 마니 미련도 없어. 당신 말처럼 시골 가서 하루 벌어 하루 먹고살 거야. 이번이 마지막이야. 그러니까 얼마라도 좀 긁어모아 봐. 응?"

그는 간절하다 못해 비굴한 눈빛으로 말했다. 그동안 그가 먼저 그런 식으로 말한 적은 없었다. 늘 내가 앞서서 몇 배로 되돌려 받을 거라며 비상금을 내놓곤 했다. 하지만 그런 날은 결코 오지 않았다. 그렇다고 그것이 아까웠던 적은 없었다.

"그럴 수 있었으면 진작 그랬을 거야. 근데 이젠 내가 할 수 있는 게 아무것도 없어. 그래서 나도 괴로워."

나는 마치 죄를 지은 것 같은 기분으로 말했다. 그가 갑자기 비명을 지르며 베개를 집어 던졌다. 베개가 날아가 화장대 위의 스탠드를 넘어뜨렸다. 갓등이 깨어지고 유리가 사방으로 튀었다. 그가 핏발 선 눈으로 나를 노려보며 목청껏 악을 썼다.

"그래! 희망도 없는 나 같은 놈하고 사느니 너라도 살아야지? 그래, 지금이라도 돈 많은 놈 만나서 잘살아 봐. 그게 니 소원이었잖아!"

느닷없었다. 이를 악물었다. 언쟁을 하기에는 너무 늦은 시간이었다. 한 번만 더 그래 봐. 자꾸 그러면 애들 불러다 놓고 너희 아빠 알고 보니 이렇게 좀스러운 인간이라고 확 불어버릴 테니까. 나는 입안에 맴도는 말을 뱉지 못하고 그를 노려보다가 방을 나와 버렸다.

그가 왜 그런 말을 하는지는 알고 있었다. 아직 희망이 남아 있던 몇 달 전 어느 저녁, TV에 성공한 CEO로 나온 패널이 어이없게도 한때 만났던 적이 있는 남자였다. 뜻밖의 장면에 그가 곁에 있다는 것을 잊고 '어머나, 저 남자!' 하고 감탄사를 터뜨렸다. 곁에 앉아 있던 그가 의아한 눈길을 보냈다. 나는 웃으며, 저 남자랑 결혼했으면 인생이 바뀌었을까? 라며 별 의미도 없이 지난날의 추억을 얘기했다. 만약 그에게 불만이 있었다면 오히려 그런 얘기를 못 했을 것이다. 지난날에 미련은 없었다. 비록 그남자가 지금 성공했을지 모르지만 그 시간으로 되돌아간다면 나는 또 같은 선택을 했을 게 분명했다.

얼마 전에도 그 얘기로 내 마음을 저울질하더니 또 그러는 것에 화가 치밀었다. 그것은 그가 지닌 불안의 깊이였다. 그것이 어느 때보다 깊어져 지금까지 우리가 함께 지나온 생의 흔적에 여기저기 구멍을 내고 있었다. 어떻게

든 그것을 막아내고 싶었지만 나도 이젠 지치고 있었다.

불빛이 사라진 거실에 달빛이 희미하게 스며들었다. 화마의 잔해는 달빛 아래서 더욱 괴기스러웠다. 나는 어둠 속에서 그가 코 고는 소리를 들었다. 한때는 나를 안심시켰던 그 소리가 오늘은 견디기 어려운 소음이었다. 어쩌면 그도 문밖에 앉은 내게 그런지 알 수 없었다. 어째서 우리는 흘러가는 세월 앞에서 오래된 나무처럼 굳세어지지 못하고 바람에 자꾸 흔들리는가. 나는 시려오는 어깨를 감싼 채 달빛 아래 하염없이 앉아 있었다.

경찰서는 큰 도로와 작은 도로가 만나는 모퉁이에 엉거주춤하게 서 있었다. 입구에 들어서자 수형이 아름다운 금목서와 은목서가 사이좋은 친구처럼 마주 보고 서 있었다. 다른 때 같으면 그 풍경에 뭐라도 말을 했겠지만 오늘은 그럴 기분이 아니었다. 그도 줄곧 말이 없었다.

사무실에 들어서자 앞줄에 앉아 있던 형사가 일어서 나오더니 이름을 확인하고 자신의 자리로 안내했다. 그는 걸걸했던 목소리와 달리 헌칠한 키에 반듯한 이목구비를 가진 사십 대였다.

형사는 그와 나를 번갈아 쳐다보았다. 뱃속까지 들여다

볼 것 같은 눈빛이었다. 그는 잔뜩 찡그린 얼굴로 의자에 바싹 등을 붙인 채 팔짱을 끼고 앉아 있었다.

형사가 놀랐겠다며 위로의 말부터 건넸다. 집수리가 아직 되지 않아 불편하겠다는 말도 덧붙였다. 곤두섰던 마음이 좀 가라앉았다. 나는 사실 그렇다고, 경찰서에서까지 부르니 화재 사건이 보통 일이 아니긴 아닌 모양이라고 대꾸했다. 그가 헛기침을 하며 나를 흘깃 쏘아보았다. 그제야 그가 경찰서에서는 가능하면 말을 적게 하는 게 좋다고 했던 말이 생각났다.

형사는 아주 형식적인, 신상에 관한 질문을 몇 가지 했다. 그리고는 바로 그날의 상황에 대해 물어보았다.

"그러니까… 영화를 자주 보시는 편입니까?"

"집에 있을 때는요. 그날은 몸살이 심해서 좀 쉬려고 했는데 그리됐어요."

그를 슬쩍 훔쳐보았다. 그는 여전히 팔짱을 낀 채 대화를 듣고 있다가 허리를 펴고 앉았다.

"요즘 주부들께선 그 시간에 거의 집에 안 계시지 않습니까?"

형사의 질문에 그가 불쑥 끼어들었다.

"사람마다 사는 방식이 다르니까요. 아내는 워낙 영화

를 좋아합니다. 하하. 집에서 주로 다운을 받아 보든가, 케이블 방송을 많이 이용하는 편이에요."

그를 돌아보았다. 주름이 깊은 이마에 조바심이 묻어 있었다. 빨리 일어서고 싶은 눈치였다. 나 역시 그랬다. 고객은 많지 않아도 슈퍼마켓의 문을 몇 시간씩 닫아놓을 수는 없었다.

"물론, 사람마다 삶의 방식이 다르죠. 그런데 사모님께선 그날, 집안에서 뭔가 다른 때와 좀 다른 점을 못 느꼈습니까?"

나는 형사를 바라보았다. 그러잖아도 그날 아침은 여느때와 달라서 줄곧 그 생각을 하고 있었다. 지나간 시간을 자꾸 되돌려보면서 그것만 하지 않았다면, 그러지만 않았다면 하는 후회들을 계속 하고 있었다.

생각할수록 그날은 평소와 달랐다. 다른 때는 중문이 그렇게 꼭 닫혀있지 않았다. 다 열어놓거나 반쯤 열려 있었다. 레일이 하나 빠져 여닫기가 어려워서였다. 만약, 문이 그렇게 꼭 닫혀 있지 않았다면 좀 더 빨리 화재의 기미를 알아채지 않았을까? 달랐던 건 또 있었다. 그날 아침에는 그를 배웅도 하지 못했다. 그가 다녀오겠다는 말도 하지 않고 가버렸던 것이다. 나보다 한 시간쯤 먼저 출근할 뿐이고, 곧 매장에서 만날 텐데도 그는 항상 인사를 하고 나갔다. 그런데 그날은 그러지 않았다. 얼마나 불안하고 우울하면 말도 없이 갔나 싶어 몹시 안쓰러웠다.

밤새 잠을 설치고 아침마다 푸석한 얼굴로 출근하는 그의 뒷모습을 보는 것은 괴로웠다. 그래서 그가 그냥 갔다는 것을 알고 약간 섭섭했지만 다행스럽기도 했다. 기운이 빠진 남편의 뒷모습을 보고 나면 나도 기운이 빠졌다. 그러면서도 왜 간다 말도 없이 갔느냐고 전화를 해보고 싶었다. 결국 하지 않은 것은 아침부터 우울한 목소리를 듣고 싶지 않아서였다.

"네? 없으셨어요?"

형사가 나를 기웃이 들여다보며 다시 한번 물었다. 있으면 빨리 말해. 어서 말하고 가자구. 그가 퉁명스럽게 재촉했다. 나는 그런 얘기들을 다 해도 되는 것인지 알 수가 없어서 여전히 망설였다. 형사가 답답했던지 그이 쪽으로 의자를 당겨 앉더니 모니터에 눈길을 준 채 질문을 던졌다.

"사장님께선 작년에 부인 앞으로 화재보험과 생명보험을 드신 게 있더군요?"

나는 놀라서 그를 돌아보았다. 그는 질문을 듣지 못한

듯 무표정하게 앉아 있었다.

"가입하신 게 있지요?"

형사가 다시 한번 물었다.

"네."

그의 대답은 짧았다.

"금액은 5억씩, 10억이 맞습니까?"

"네. 그런데, 그게 무슨 상관입니까?"

그가 역정이 섞인 소리로 되물었다.

"큰 금액인데, 부인도 아십니까?"

형사는 그의 질문에 답하지 않고 나를 처다보았다. 어쩐지 아무 생각도 할 수가 없었다. 형사가 왜 그런 말을 하는지 그것만이 궁금했다. 그가 의자를 밀치고 일어나더니 내 어깨에 손을 얹었다.

"그게 어쨌다는 겁니까? 내가 그것 때문에 혹시나 오해를 받을까 싶어 내내 마음을 졸였습니다. 그런 일들은 사람 기분을 더럽게 만드니까요. 그런데 형사님의 질문이 내 염려가, 염려가 아니란 걸 말해 주는군요. 정말 이런 일도 생기는군요."

그는 언성을 높이지도 않고 또박또박 말했다. 그렇게 말하겠다고 마음을 단단히 먹고 온 사람 같았다.

"그렇죠. 틀림없이 오해받을 수 있는 상황입니다. 그래서 화재의 원인이 명확하게 밝혀져야 하는데 너무 새까맣게 타버려 감식을 하는 데 상당히 애로가 많은 것 같습니다."

그가 내 손을 잡아 일으켰다. 나는 엉거주춤 따라 일어섰다. 그가 내 손을 더욱 힘주어 쥐었다.

"해보나 마나 누전 아닙니까? 오래된 아파트예요. 피복이 벗겨진 전선에 먼지가 앉으면 불이 날 확률이 높다는 걸 아시잖아요? 도대체 뭐가 오해받을 수 있는 상황이란 겁니까?"

그의 목소리에 날이 섰다. 목소리가 커서 사무실 안의 눈길이 모두 우리를 향했다.

"염려 마십시오. 수사팀에서 제대로 밝혀낼 겁니다."

"밝히거나 말거나 나랑은 상관없어. 사람이 죽은 것도 아니고⋯. 이건 뭐 뻔하게, 보험금이 탐나서 화재를 가장한 살인을 할라고 했다, 이렇게 추측하는 거 아니오? 워낙 더러운 세상이긴 하지만 아무나 그렇게 몰아붙이지 마시오. 난 지금까지 그저 열심히 살아온 소시민에 불과하오. 지금 좀 어려운 상황에 처했다고 그런 터무니없는 욕심을 낼 것 같소? 그 집은 아내와 내가 죽을 둥 살 둥 벌어서 장

만한 집이오. 그런 걸 태워가면서, 잘못하면 이웃까지 피해를 입혀가면서, 그딴 짓을 한단 말이오? 괜히 애먼 추측하지 말고 할라면 제대로, 똑바로 하시오!"

"물론 그럴 리는 없을 거라고 생각합니다. 이런 사고가 생기면 으레 가능성을 다 열어두고 수사를 합니다. 결과는 머잖아 알 수 있을 겁니다. 이제 그만 돌아가셔도 좋습니다. 감식 결과가 나오면 그때 다시 뵙겠습니다."

형사는 차분하게 맞받고는 자리에서 일어나 우리를 배웅했다.

밖으로 나오자 찬바람이 세차게 얼굴을 때렸다. 홧홧하던 얼굴이 좀 식는 것 같았다. 나는 코트 깃 속에 얼굴을 묻었다. 나란히 걷던 그가 내 어깨를 감싸 안았다. 나를 위로하려는 것 같았다. 나는 그를 힘껏 밀쳐버렸다. 그가 놀라서 쳐다보았다. 그동안 본 적이 없는, 황망한 눈길이었다. 그 얼굴을 믿어야 할지, 말아야 할지 알 수가 없었다. 이 또한 화마의 장난이다! 나는 마음속으로 부르짖으며 화마에 휩쓸리지 않으려 마음을 다잡았다. 그러나 어째선지 그와 나란히 걸을 수가 없었다. 나는 다시 내 손을 잡는 그를 세차게 뿌리치고 혼자 걸음을 떼놓았다.

누군가 아픈 밤

폰의 벨이 울린 것은 새벽잠이 설핏 든 순간이었다. 하마 끊어질까 했지만 벨은 계속 울렸다. 할 수 없이 전화를 받자 느닷없이 고통에 찬 신음 소리가 들려왔다. 아, 또! 누구의 전환지 안 순간 나도 모르게 탄식이 튀어나왔다. 물레 여사였다.

몇 달 전에도 그녀는 자다가 침대 아래로 떨어졌다. 그때는 타박상 정도였는데 이번엔 예사롭지 않았다. 지금 바로 갈게요! 그녀를 안심시키기 위해 커다랗게 외쳤지만 잠자리를 털고 일어나는 것은 쉽지 않았다.

며칠째 지독한 불면이었다. 어차피 오지 않는 잠, 불면을 친구로 하자니 더욱 심해졌다. 눈이 아프고 머리도 지끈거렸다. 그렇게 오지 않던 잠이 새벽녘에 잠깐 찾아왔다. 그것을 물리치고 일어나려니 몸이 더욱 방바닥에 들러붙었다.

가까스로 몸을 추슬러 도착했을 때, 그녀는 침대 아래 널브러져 있었다. 속옷 차림이었다. 아랫도리가 젖어 있고 치골이 볼썽사납게 드러나 있었다. 바닥에 오줌이 흥건했다. 그녀는 올무에 걸린 고라니 같은 눈빛으로 나를 올려다보았다. 그녀를 안아 일으키려고 하자 자지러지게 비명을 질렀다. 예상대로 어딘가 골절이 된 것 같았다. 노인으로선 가장 나쁜 경우였다.

나는 그녀를 조심스레 바닥에 눕혀놓고 휴대폰을 꺼내 들었다. 순간, 갈퀴 같은 손이 내 옷자락을 부여잡았다. 놀랄 정도로 완강했다. 눈길이 마주치자 그녀가 이를 앙다물고 고개를 내저었다. 나는 그녀의 뜻을 알았다. 그렇다고 내버려 둘 수는 없었다. 나는 그녀의 손을 부여잡고 뼈가 다친 게 틀림없다고, 이대로는 아파서 못 견딘다고, 병원에 가야 한다고 간곡하게 말했다. 그녀는 통증으로 턱을 덜덜 떨면서도 한사코 고개를 저었다. 나는 알겠다며 일단 안심시킨 후 이젠 마른 장작 같아진 그녀를 간신히 침대로 옮겼다. 가벼운 상자 같은 무게였지만 연방 신음을 흘리는 사람을 침대로 옮기는 것은 진땀 나는 일이었다. 눕혀놓고 보니 물레 여사의 푸르죽죽한 입술에 피가 배어 나와 있었다. 얼마나 입술을 깨물었으면…. 왜 그렇게까지 고집을 부리느냐고 달구치고 싶었지만 기진한 사람에게 그럴 수는 없었다. 나는 물레 여사의 입가에 묻은 피를 닦아준 후 수면제를 한 알 먹였다. 괴로울 때는 잠드는 것만큼 좋은 처방이 없다는 걸 그녀도, 나도 잘 알고 있었다.

시간이 흐를수록 발소리가 많아진다.

물레 여사의 창 앞으로는 날마다 많은 발들이 지나간다. 그 아래 무덤 속 같은 방에서 한 사람의 생이 저물고 있다는 것을 알지 못한 채 발들은 지나가고, 또 지나간다.

처음에는 많이 놀랐다. 무심코 창 쪽을 쳐다보았는데 발이 쑥 지나갔다. 미처 얼굴을 돌리기도 전에 또 지나갔다. 발들은 나와 아무 상관 없이 부지런히 창 앞을 걸어가는 중이었다. 그런데도 발들이 모두 창을 뚫고 들어올 것만 같아서 가슴이 죄었다. 나는 두근거리는 가슴을 자꾸 쓸어내려야만 했다. 얼마쯤 지난 후 그녀가 눈치를 채고 변명하듯 말했다.

나도 갓 이사 와서는 그랬는데 요샌 저 소리에 되려 덜 심심하다우. 가만히 들어보면 사람마다 발소리가 다 다르거든. 그걸 구분해보는 게 솔찮게 재밌어. 나중엔 그 사람이 보이는 거 같아. 그래서 저 손바닥만 한 창구멍이 나한테는 숨구멍이나 마찬가지야.

처음에는 별난 취미도 다 있다 생각했는데 이젠 그 말을 이해한다. 지금은 나도 습관처럼 발소리에 귀를 기울인다. 다급하게 가까워졌다가 꼭 그만큼 멀어져가는 소리들. 또각또각, 뚜벅뚜벅, 터덜터덜, 자박자박, 질질….

사람들의 발소리는 참으로 다양하다. 그만큼 사연도 많을 것이다. 이곳에 와서야 그걸 알았다. 한꺼번에 뒤엉킨 소리들은 때로는 북소리 같고, 때로는 자잘한 우박이 떨어지는 것 같다. 그 소리들은 모두 내 머리 위로 바쁘게 지나간다. 오늘은 저 많은 발소리 중 어느 것이 나만큼 깨기 힘든 잠을 헤치고 나왔을까?

하… 선… 생.

불과 20여 분이 지났을 뿐인데 물레 여사가 또 부른다. 나는 그릇을 부시던 손을 얼른 앞치마에 닦고 그녀에게로 다가간다.

물, 좀….

목에 칼침이라도 꽂힌 듯 간신히 흘러나오는 소리다. 얼마 전 감기를 앓은 후부터 가래 끓는 소리가 심해진 그녀의 말소리는 탁하고, 더없이 애원조다. 누가 들으면 내가 물을 주지 않고 늘 애를 태우는 것처럼 들릴 것이다. 사람들은 보고 싶은 대로 보고, 듣고 싶은 대로 듣는다. 보고 싶은 만큼 보고, 듣고 싶은 만큼 듣기도 한다. 엄마의 죽음 앞에서 나는 그것을 깨달았다.

걸핏하면 곧 죽을 것 같다고 칭얼대던 엄마가 세상을 떠났다는 소식을 들었을 때 나는 제주도에 있었다. 일 년에 한 번씩 국내여행을 함께하는 여고 동창들과 떠난 참이었고, 도착한 날 밤이었다. 소식을 듣는 순간, 발이 바닥에서 떨어지지 않았다.

엄마는 요양병원에 들어간 뒤부터 걸핏하면 죽겠다고 엄포를 놓았다. 처음에는 놀라서 허둥지둥 달려갔는데 가 보면 언제나 멀쩡했다. 식사도 잘하고 친구도 사귀어 잘 지내고 있었다. 그러면서도 날 보면 곧 죽을 것 같은 시늉을 하곤 했다.

여긴 사람 있을 데가 못 된다. 간호사들이 얼마나 못됐게 군다고. 여기 사람들은 다 등신들이어서 아무도 그런 걸 몰라. 나 여기 계속 두면 너 일찍 송장 친다. 그럼 넌 천하에 몹쓸 년이 되는 거고….

엄마는 숫제 협박을 했다. 그때마다 더없이 엄마가 낯설었다. 눈을 희번덕거리고 입을 비죽이며 말하는 엄마를 전에는 본 적이 없었다.

엄마의 불평은 집요했다. 할 수 없어 퇴원을 시켜놓으

면 끼니를 거르기 예사고, 제대로 씻지도 않고, 집안은 난장판이 되었다. 그래서 몇 번 입, 퇴원을 반복하다 보니 나중엔 곧 죽을 것 같다는 말이 배고프다는 말처럼 예사롭게 들렸다. 그렇게 이 년 가까이 지나자 차츰 무신경해졌다. 엄마가 숨이 넘어가는 소리로 전화를 해도 바로 달려가지 않는 날이 늘어났다. 그래서 여행을 떠나기 전날 밤 엄마의 전화를 받았을 때는 모처럼 미안하다는 생각이 들어서 여행에서 돌아오면 바로 가 봐야지 하는 생각도 했다.

그날, 엄마는 도대체 전화를 끊지 않았다. 늘 하던 푸념을 다른 날보다 더욱 길게 늘어놓으면서 날 좀 데려가 달라고 부득부득 졸랐다. 집에 가도 별수 없지 않더냐고 달래도 듣지 않더니 갑자기 목소리를 낮춰 나를 족대기기 시작했다.

너, 내 집 팔아먹었지? 죄지은 거 없으면 나한테 이럴 리가 없잖아? 이 에민 죽어가는데, 넌 그 돈으로 잘 쓰고 돌아다니는 거지? 제주도를 가다니, 니가 무슨 돈으로 제주도를 가? 분명 니년이 나 모르게 집을 팔아먹은 거야.

너무나 어처구니없는 말이었다. 와락 뻣성이 솟구쳤다. 나는 있는 대로 소리를 질렀다.

엄마! 억지소리 좀 그만해요! 엄마 집을 내가 왜 팔아먹어? 글고 제발 죽겠단 소리도 좀 그만해요. 죽을 거면 벌써 죽었지 여태 살아 있잖아요! 뭘 자꾸 죽겠다 소리야? 아, 지겨워, 정말. 내가 죽겠으니 제발 좀 그만해요, 좀!

내가 악다구니를 하며 달려들자 엄마는 다른 때와 달리 금세 풀이 죽었다.

그러게 말이다. 나도 내가 왜 이런지 모르겠다. 내 머릿속에 꼭 다른 사람이 하나 들앉아 있는 것 같아. 안 그러고 싶은데 누가 자꾸 그런다. 그러니 죽을 것 같지.

그리고 엄마는 내가 대꾸할 새도 없이 전화를 끊어버렸다. 갑자기 맥이 풀렸다. 평소에는 야무지고 따뜻한 성품에 사려가 깊어서 누구나 호감을 갖던 엄마였는데 그렇게 변해버린 것이 슬펐다. 치매가 서서히 진행되고 있다는 사실을 깜박 잊고 엄마를 몰아붙인 내가 한심하기도 했다. 엄마에게 그 병은 너무 심술궂었고 우리에겐 잔인했다. 나는 낯선 폭군에게 잘 적응하지 못했다. 그래서 번번이 당황했고 자주 인내심을 잃었다.

전화를 끊고는 곧 후회가 되어 다시 엄마에게 전화를 걸었지만 받지 않았다. 가볼까 했지만 또 같은 넋두리를 듣느라 금세 일어서지 못할 걸 생각하니 지레 피곤했다.

다음날엔 제주행 첫 비행기를 타야만 했다. 나는 그것을 핑계 삼아 마음을 주저앉히고 일단 다녀와서 보자고, 오늘은 모른 척하자고 눈을 질끈 감았다. 다음 날 아침 엄마는, 침상에서 차갑게 식은 채 발견되었다. 심근경색이었다.

갑자기 말문을 닫고 창백해진 나를 친구들은 의아해했다. 도저히 말이 나오지 않았다. 감정이 굳어버린 듯 눈물도 한 방울 나오지 않았다. 너무나 이기적이었던 내가 참담할 만큼 싫었고, 그만큼 죄책감도 깊었다. 당일 항공권은 구할 수가 없었다. 이튿날 첫 비행기를 예약하고 뜬눈으로 꼬박 밤을 새운 후에야 내가 먼저 갈 수밖에 없는 이유를 말했다.

동창들은 생각보다 훨씬 더 놀랐다. 생각지도 않게 여행을 중지하고 함께 가자는 쪽과 그래도 남은 일정은 마쳐야 한다는 쪽으로 나뉘었다. 다행히 나만 떠나고 여행은 계속되었다.

그 후, 그들은 내가 엄마의 죽음을 하룻밤이나 알리지 않고 지냈다는 것, 눈물 한 방울 흘리지 않았다는 것을 두고 별의별 말을 다 했다. 얘기가 돌고 돌아 내게 왔을 때는 엄마와 나 사이에 있지도 않았던 일들이 있었던 것처럼 꾸며져 있었다. 내가 엄마와 싸운 뒤 차라리 죽어버리라 하고 떠났다는 말을 들었을 때는 머리끝이 쭈뼛했다. 그 후, 나는 가까운 사람들의 웃는 얼굴을 그대로 믿을 수가 없었다.

또 물을 찾는 물레 여사의 입에 스트로를 다시 물려준다.

그녀를 보고 있으면 사람은 아기로 태어나 아기의 모습으로 가는 게 아닌가 싶다. 종일 침상에 누워 있는 그녀가 스스로 할 수 있는 일은 아무것도 없다. 서서히 줄어들기 시작한 그녀의 기력은 두어 달 전부터 부쩍 약해져서 도움 없이는 움직이지 못한다. 이젠 허리까지 다쳤다. 아마도 회복하기 어려울 것이다. 그렇다고 내 맘대로 병원에 갈 수도 없다. 그녀는 입버릇처럼 혹시 무슨 일이 생기면 절대 병원에는 가지 말아달라고 신신당부했다.

병원은 사람을 서서히 죽이는 데야. 이만큼이나 살았는데 무슨 미련으로 병원 신세를 지겠누. 그냥 내버려 둬. 그게 그동안 우리가 알고 지낸 정이라 생각하고….

물레 여사의 목소리가 들리는 듯했다. 그래도 이대로 두기에는 너무 고통스럽지 않은가. 나는 합죽한 입을 오물거리며 힘겹게 물을 빨아 먹고 있는 그녀를 물끄러미 내려다보았다. 대여섯 살 때까지 이름도 없이 살다가 호구조사를 한다는 풍문에 물레방아를 보고 급하게 지었다는 이름, 물레. 자식이 셋 있다고 했지만 일 년 내내 아무도 찾아온 적이 없는 노인.

그녀를 보고 있으면 문득 진저리가 났다. 엄마처럼, 그녀처럼, 원한 적도 없이 끝내 닿고야 말 생의 황혼녘에서 나는 어떤 모습을 하고 있을지 생각할 때마다 꼭뒤가 서늘해졌다.

그래도 그녀는 삼 남매를 자랑스러워했다. 그녀의 말에 의하면, 큰딸은 서울에서 대학교수이고, 외아들은 대기업 임원이며, 작은딸은 뉴욕에서 큐레이터로 근무하고 있다고 했다. 나는 그 말을 다 믿지 않았다. 노인들은 자식 얘기라면 실제보다 부풀리고 심지어 거짓말도 한다는 걸 알고 있었다. 어쩌면 엄마 때문에 생긴 편견일 수도 있었다.

엄마는 요양병원에 있는 동안 나를 부자로 만들어놓았다. 그 때문에 엄마를 만나러 갈 때는 옷차림에 신경을 써야 했다. 그러지 않으면 엄마는 누가 들으라는 듯 큰소리로 나를 책망하곤 했다.

오늘은 왜 이러고 왔어? 그 좋은 옷들이랑 가방은 됐다 언제 다 할라고?

엄마는 얼굴도 붉히지 않았다. 나는 그런 엄마를 이해하지 못했다. 언젠가 그 문제로 복도에서 엄마와 언쟁을 하고 있을 때 엿들은 간병인이 며칠 후 슬쩍 충고를 했다.

그냥 그러려니 해요. 여기 노인들 다 그러고 지내요. 자식이 없는데도 있는 척하고, 고대광실에 살았던 것처럼 말하기도 하고…. 다들 그러니 적당히 듣고 넘기면 돼요.

그때부터 노인들의 말이라면 아예 반 깎아 듣는 버릇이 생겼다. 만약 물레 여사의 말이 다 맞는다면, 그 정도 능력을 가진 자식들이라면, 체면 때문에라도 엄마를 이렇게 두지는 못할 것이다.

그나마 가끔씩 전화를 해서 물레 여사의 근황을 확인하는 사람은 큰딸이다. 모녀간에 다정한 대화도 없이 서로 안부만 묻고 끊어지는 통화를 엿들으면서 예전의 나를 떠올렸다.

나도 엄마에게 살갑지 못한 딸이었다. 나이 들어갈수록 아이처럼 보채며 나를 힘들게 만드는 엄마가 싫었다. 내가 아무리 나이 들어도 엄마는 변함없이 엄마다워야 했다. 어떤 상황 앞에서도 자식을 먼저 생각하는 엄마, 생각이 깊고 한없이 마음이 따뜻한 엄마, 가진 걸 다 주고 싶어 하는 헌신적인 엄마…. 그런 엄마를 원했다. 그런데 엄마는 예전 같지 않았다. 그렇지 못한 엄마를 언제부턴가 나는 성가셔하고 있었다. 그토록 나는 이기적인 인간이었다.

그런데 그런 나를 스스로 알아챌 새도 없이 엄마는 황황히 떠나버렸다. 그 엄마가, 큰딸과 통화를 마친 물레 여사를 볼 때마다 생각났다. 나는 엄마에게 뒤늦은 용서를 빌었다. 마치 폰 속에 딸의 얼굴이 있기라도 한 듯 물끄러미 들여다보고 있는 물레 여사의 앙상한 뒷모습을 보면서…. 내가 물레여사를 떠나지 못하는 것은 아마 그 때문일 것이다.

그녀가 물을 다 먹었는지 고개를 돌린다. 나는 물병을 받아들고 물레 여사의 이마에 늘어진 흰 머리카락을 쓸어 넘겨주었다. 그 손길에도 통증을 느끼는지 그녀의 바싹 마른 입이 따악 벌어졌다 다물어진다. 나는 물레 여사의 깡마른 손을 잡고 다시 한번 말했다.

여사님, 이대로는 아파서 못 견딥니다. 지금이라도 병원에 가요. 네?

가실 때 가더라도 좀 편히 가셔야죠. 라는 말은 삼켰다. 물레 여사는 겨우 눈꺼풀을 밀어 올렸지만 고개를 저었다. 정기라곤 없는 눈길이 애처롭기 그지없었다. 아무래도 큰딸에게 전화를 해야 할 것 같았다.

노인네 거동 불편하다고 함부로 하시면 안 돼요.

일 년 전, 처음 물레 여사를 만났을 때 통화를 한 그녀의 큰딸은 명령하듯 말했다. 서울에 살고, 너무 바빠서 내려올 시간이 없다고 했다. 그때, '함부로'라는 표현은 절대 함부로 할 것이 아니라는 생각을 했다. 와락 기분이 나빠져서 그만 가버리고 싶어진 것이다. 그걸 눈치챈 물레여사가 내 어깨에 가만히 손을 얹더니 달래는 듯 눈을 몇 번 끔벅였다. 마음 상하지 말라고, 제발 참아 달라고 애원하는 것 같은 눈길이었다. 간잔지런한 눈가에 깊이 잡힌 주름이 안쓰러우면서도 정겨웠다. 그 바람에 나는 여자에게 알겠다고, 염려 마시라고 대답하고 말았다.

물레 여사와의 첫 대면은 인상적이었다. 그녀의 집은 4층 건물의 반지하에 숨은 듯이 자리 잡고 있었다.

그런 데 살면서도 할머니가 좀 달라. 별나기도 하고…. 호칭을 여사라 부르란 것도 그렇잖아? 그런 주제로 살면서 여사가 뭐야? 여사가. 서로 잘 맞으면 괜찮을 것 같기도 한데, 난 도저히 못 맞추겠더라. 가보면 알 거야.

사무실 문을 나서려는데 이틀 전까지 물레 여사를 돌봤던 장 선생이 말했다. 격려인지 우려인지 알 수 없는 말이었다.

그 전날, 센터장은 물레 여사와 한참 실랑이를 벌였다. 경력 7년 차인 장 선생마저 더는 못 하겠다고 손을 든 때문이었다. 너무 꾀까다로워요. 장 선생의 한 마디에 센터장은 한숨을 깊이 쉬었다. 그동안 짧으면 일주일, 길어봤자 한 달 만에 그만둔 사람이 한둘이 아니었다. 장 선생은 그나마 두 달은 견딘 베테랑이었다. 센터장은 좀체 전화를 끊지 않는 물레 여사에게 사정하듯 말했다.

저도 빨리 보내드리고 싶지만 갈 사람이 없어요. 좀 기다리시든가, 다른 센터를 알아보든가 하세요.

한 사람의 수급자가 아쉬운 센터장도 이젠 포기하는 듯했다. 물레 여사는 전화를 끊지 않았다. 당장 보내라고 호통을 쳤다가 다시 사정하는 소리가 내게까지 들렸다. 그때, 센터장과 눈이 마주쳤다. 아마도 센터장은 될 대로 되라는 심정으로 왕초보인 나를 생각했을 것이다. 전화를 끊고 돌아서더니 내게 의사를 물었다. 잠시 망설이다가 나는 고개를 끄덕이고 말았다. 아무도 돌보려 하지 않는 그녀가 가여웠고, 대체 어떤 노인인지 호기심도 생긴 탓이었다.

물레 여사는 내게 두 번째 수급자였다. 첫 번째는 두 달

만에 그만두었다. 치매 증세가 있는 노인이 나를 자꾸 도둑으로 몰아 하루도 편할 날이 없었다. 그 가족들은 날 믿는다고 했지만 날마다 모욕을 견디며 지낼 수는 없었다. 비록 요양보호사가 나처럼 특별한 능력이 없는 사람이 할 수 있는 직업이긴 해도 모욕을 견뎌가며 할 만큼의 직업 정신이 내게는 없었다. 퇴직 후 대리기사를 하는 남편을 돕고 싶어 시작한 일인데 생각보다 감정노동이 심해서 계속할까 말까 갈등이 떠나지 않았다.

나는 폰의 지도가 가리키는 대로 몇 줌 정도의 빛이 새어드는 계단을 조심조심 내려갔다. 계단 끝에 이르자 그 빛마저 사라져 갑자기 컴컴해졌다. 놀라서 두리번거리는데 뒤늦게 센서 등이 켜졌다. 눈앞에 두 개의 문이 나란히 나타났다. 주소를 보니 오른쪽이 그녀의 집이었다. 두 번째 수급자는 부디 나와 잘 맞기를 바라며 벨을 눌렀다. 즉각 대답 소리가 들려왔다. 새 요양보호사를 보낸다는 말에 벨이 울리기만 기다린 것 같았다. 그러나 문이 열리기까지는 한참 걸렸다.

이윽고 문이 열렸다. 순간, 나는 집을 잘못 찾아왔나 싶어 당황스러웠다. 눈앞에 나타난 사람은 내가 상상했던, 허리가 구부정하고 주름투성이의 심술궂은 얼굴을 한 노인이 아니었다. 스카이블루의 샤넬풍 투피스에 새하얀 머리카락을 단정하게 빗어 넘기고 엷게 화장을 해서 기품마저 느껴지는 모습을 한 노인이었다. 언제 적 옷인지 품이 커서 겉돌긴 해도 옷을 입은 맵시가 한때는 그녀가 꽤 멋쟁이였을 거란 생각이 들게 했다. 좁은 깃에 꽂은 양귀비꽃 브로치와 처진 귓불에 앙증맞게 매달린 작은 진주 귀걸이도 그랬다. 그녀가 짚고 선 꽃무늬 프린트의 지팡이도 그녀의 보행을 돕기 위한 것이라기보다 패션을 완성하기 위한 소품 같았다.

나는 뜨악한 눈길을 감추지 못하고 물었다.

이뮬레 여사님… 이세요?

그녀가 웃으며 고개를 끄덕였다.

어서 들어오우. 아무도 안 올까 봐 걱정했는데 고맙수. 내, 오늘은 잘 보일라고 이 옷까지 꺼내 입어봤다우.

그녀가 자잘하게 주름이 잡힌 작은 입술을 오므려 웃으며 말했다. 나이답잖게 애교스러운 말투였다.

처음 뵙겠습니다. 하선미입니다.

나는 허리를 깊이 숙였다. 그리고는 이렇게 멋진 모습으로 맞아주시니 제가 손님으로 온 거 같다고, 느낀 대로 말했다. 그녀가 하하하, 큰소리로 웃었다. 이가 듬성듬성한 입속이 환하게 드러나도록 웃는 모습이 천진해 보였다. 나도 따라 웃었다. 기분 좋은 만남이었다.

첫인사를 나눈 그녀가 지팡이를 벽에 기대놓더니 보행기에 의지해 안쪽으로 걸음을 옮겼다. 보기와 달리 걸음이 몹시 허찐거렸다. 여든일곱. 그럴 만도 한 나이였다. 그런 사람이 성장을 하고 요양보호사를 맞다니. 장 선생 말마따나 좀 유별난 사람이었다.

그녀는 퍽 아슬아슬한 걸음으로 주방을 거쳐 방으로 들어갔다. 크지도 작지도 않은 방이었다. 여느 노인들 방 같지 않게 구질구질한 가재도구가 일절 없었다. 그녀는 내게 의지해 살집이라곤 없는 엉덩이를 힘겹게 침대에 내려놓더니 숨이 가쁜지 한숨을 길게 내쉬었다.

아이구, 힘들어. 아침부터 너무 진을 뺐나 보네. 늙은이가 이렇게 남의 수발 받을 때까지 사는 건 재앙이야. … 그래도 목숨이 붙어 있으니 어쩌겠나? … 앞으로 좀 잘 도와줘요. 뭣보다 청소를 신경 써줘. 꼴도 이런데 집까지 추접하면 누가 발을 들여놓고 싶겠나? … 자식들은 특히 더그래. 나이 들면 젤 잘 보이고 싶은 게 자식이거든. … 목욕도, 외출도 인제 혼자서는 못하니까 좀 도와주고 반찬도 두어 가지 만들어주고…. 작년까지만 해도 혼자 다 됐는데 인제 영 어려워. … 이렇게 하루하루 시들다가 결국 죽을 건데 너무 오래 걸리는구만.

애조가 스민 담담한 말투였다. 불현듯 코끝이 시큰했다. 나는 아릿해진 콧잔등을 문지르며 사진이 몇 장 걸려 있는 벽 쪽으로 눈길을 주었다.

그곳에는 한 여인의 역사가 빛바랜 모습으로 걸려 있었다. 사모관대를 입은 남자 곁에 원삼을 입은 그녀가 족두리를 쓰고, 두 손은 한삼으로 가린 채 겁먹은 얼굴로 서 있었다. 그 옆에 는 남편과 세 아이를 데리고 찍은 사진도 걸려 있었다. 의자에 앉은 그녀 곁에 깡똥한 옷차림으로 새치름하게 서 있는 여자아이가 맏이고, 부부의 무릎 위에 앉은 남매가 둘째와 셋째인 듯했다. 모두 무표정하고 행색이 초라해서 저렇게도 사진을 찍고 싶었을까 하는 생각이 들었다. 하이힐을 신은 양장 차림에 선글라스를 끼고 찍은 중년 시절의 그녀도 있었다. 그때, 그녀는 세상에 부러울 것 없어 보였다. 자녀들이 결혼 후 찍은 듯한 가족사진도 있었지만 남편은 이미 사별했는지 보이지 않았다. 많지 않은 사진 속에 깃들인 한 여인의 생애는 녹록지 않아 보였다. 그마저 노랗게 변색되어서 사그라지고 있는 그녀의 생을 말해주는 듯했다.

고개를 돌리자 그녀가 투피스를 입은 채 침대에 누워 물끄러미 내 쪽을 바라보고 있었다. 옷을 벗겨 드리겠다며 다가가자 그녀가 스스럼없이 몸을 맡긴 후 묻지도 않은 말을 늘어놓았다.

큰딸이랑 아들은 서울 살고, 작은딸은 미국에 살아. 내가 옛날에 포목 장사를 해서 돈을 좀 만졌거든. 가게를 세 개나 갖고 있었어. 그래서 결혼시킬 때는 집도 하나씩 사주고, 미국 가겠다는 애는 유학도 보냈어. 다들 멀리 있어도 얼마나 맘을 써준다고. 이 옷도 뉴욕에 사는 작은딸이 보내준 거야. 좀 오래전이지만….

마치 준비된 대사 같았다. 그런데 왜 이런 지하방에 사세요? 물어보고 싶었지만 그럴 수는 없었다. 자칫 노인의 자존심을 건드릴 수가 있었다. 그건 가장 조심해야 한다고 여러 번 교육을 받은 참이었다. 나는 그저 웃으며 천천히 그녀의 양팔을 들어 올려 재킷을 벗기고, 스커트도 벗겼다. 빈 주머니처럼 쭈그러든 젖가슴과 삭정이처럼 메마른 허벅지가 낡은 속옷 아래 드러났다. 긴 생애를 산 여인의 몸은 연흔 같은 세월의 흔적에 휩싸여 있었다. 한때는 갓 피어난 꽃처럼 아름다웠을 몸이 시들다 못해 메말라가는 모습은 참혹했다. 나는 얼른 그녀의 보잘것없어진 몸에 이불을 덮어주고 일어섰다.

그때 전화가 왔다. 물레 여사의 딸이었다. 대뜸 요양보호사가 너무 자주 바뀌어서 짜증스럽다는 말부터 했다. 어째서 다들 다 늙은 노인네 비위 하나 못 맞추는지 모르겠다는 푸념도 했다. 그리고는 그녀를 바꾸라고 하지도 않고, 잘 부탁한다는 말만 하고는 끊어버렸다. 그녀를 돌아보았다. 그녀가 딸과 통화하기를 기다리고 있을 것만 같아서였다. 다행히 그녀는 입을 커다랗게 벌린 채 단잠에 빠져 있었다. 컴컴한 입속이 왠지 섬뜩했다.

그 후, 여자는 가끔 전화를 해서 그녀의 상태를 확인하곤 했다. 통화는 여자가 원할 때만 이루어졌다. 그마저 길지 않았다. 늘 의례적인 질문과 답이 오갈 뿐이었다.

오늘도 여자는 전화를 받지 않는다.

물레 여사는 미간을 잔뜩 일그러뜨린 채 여전히 발소리에 귀를 기울이고 있다. 늘어진 눈까풀을 꾹 감고 마음을 모으느라 호흡까지 고요하다. 이제 곧 잠이 들 것이다. 나는 그녀가 잠들기를 기다리며 그녀가 하지 않은 말들을 듣는다.

저, 저 소리들 좀, 자알 들어 봐. 우리 집으로 오는 발소리가 있을 거야.

첫 대면한 다음 날, 그녀가 느닷없이 한 말이다.

버스정류장으로 가는 길목에 있는 반지하방에는 온갖 소음이 다 밀려들었다. 수없이 지나가는 발소리는 말할 것도 없고 차들의 소음, 사람들의 말소리, 영업용 차량들이 틀어놓은 마이크의 광고 멘트, 클랙슨 소리…. 그 소리들이 골목을 향한 창으로 앞다퉈 몰려든다. 물레 여사는 그 속에서 자꾸 발소리를 들어보라 했다. 장 선생도, 김 선생도 싫어했던 바로 그 일이었다. 나는 느낀 대로 말했다.

소리들이 다 뒤엉켜서 뭐가 뭔지 모르겠는데요.

물레 여사가 샐쭉한 눈길로 쏘아보았다. 저게 왜 안 들리느냐는 듯한 눈길이었다. 며칠 지나도 마찬가지였다. 그 소리들은 내게 귀를 막고 싶은 소음에 불과했다. 나는 또 같은 대답을 했다. 그녀가 별안간 역정을 냈다.

귀가 반이나 먹은 나도 듣는데, 어째 젊은 사람 귀에 안 들린단 말야? 마음이 없으니 그렇잖아. 마음을 모아 봐, 좀!

마음으로 들어야 들리는 걸 제가 어떻게 듣겠어요?

짜증이 좀 나긴 해도 나는 웃으며 대꾸했다. 그러자 그녀가 미간을 바싹 좁히며 냅다 소리를 질렀다.

이 사람이… 지금 장난하는 줄 아나? 대체 교육을 어떻게 받았기에 사람 말을 그렇게 우습게 알아? 당장 가버려! 보기 싫어!

그녀는 바르르 떨기까지 했다. 놀랍기도 했지만 어처구니가 없었다. 사람을 우습게 아는 건 그녀가 아닌가. 그렇지 않고선 저렇게 포달스러운 목소리로 아랫사람 꾸짖듯 할 순 없잖아? 더구나 가버리라니. 보기 싫다니. 화가 치밀었다. 그렇다고 휑 하니 나와버릴 수는 없었다. 평가가 나빠지면 다음 수급자를 배당받는 데 지장이 있었다. 그런데 그녀가 뒤통수에 대고 악 패듯 소리를 질러댔다. 가라니까! 가라고! 거의 발작에 가까운 분노였다. 늙은이들이란 하여튼! 나는 더는 참을 수가 없어 속으로 한 마디 부르짖고는 고무장갑을 벗어 팽개치고 나와버렸다.

내가 그만두기까지는 꼭 일주일이 걸린 셈이었다. 장선생은 별생각 없이 발소리가 들린다고 했다가 하루에 열 번 넘게 현관문을 여닫은 적도 있다고 했다. 나는 그런 일은 겪지 않아서 그나마 다행이라고 생각해봤지만 일주일 만에 그만두자니 어째 패배자가 된 기분이었다. 나는 서글픈 기분으로 정류장으로 향했다.

센터장이 전화를 해온 것은 막 정류장에 도착했을 때였다.

방금 이물레 수급자가 전화했는데, 무조건 잘못했다고, 다신 안 그런다고, 제발 와 달래요. 하 선생, 우리 이 일 돈 때문에 하지만, 봉사의 마음도 있잖아요? 그 할머니 그렇게 싹싹 비는 거 첨인데 좀 봐드립시다. 네?

센터장의 말은 더없이 간곡했다. 그러자 잘 보이고 싶었다며 투피스를 차려입고 서 있던 그녀가 떠올랐다. 그렇게 해서라도 처음 만난 사람의 마음을 사로잡고 싶어 하던 그녀의 간절함이 마음을 흔들었다. 큰딸의 전화에 안색이 변한 내 어깨를 토닥이던 손길도 생각났다. 나는 발길을 돌렸다. 누군가의 손길이 없으면 무능하기 짝이 없는 노인을 돌보는 게 내 일이란 다짐을 하고 또 하면서….

집으로 들어서자 그녀가 초조한 낯빛으로 기다리고 있다가 반색하며 손을 부여잡았다.

하 선생, 아깐 미안했어. 내가 불뚝 성질이 좀 있어. 그럴 땐 늙은이 노망났다 생각하고 좀 봐줘. 사실은… 우리 작은딸이 한 번 와보겠다 한 지가 꽤 됐는데 안 와. 그 앨 기다리다 보니까 예민해져서 그러는 거야. 그러니 이해하고 좀 잘 봐줘어. 응?

처음 듣는 얘기였다. 그녀는 애원 섞인 눈길로 내 손등을 쓰다듬으며 몇 번이나 같은 말을 되풀이했다.

결국 나는 그녀 곁에 남았다. 그 후, 나는 발소리를 귀기울여 들었다. 작은딸의 발소리가 어떤지는 알 수 없었다. 그녀 역시 설명해 주지는 못했다. 들으면 저절로 알 수 있다고 했다.

열흘쯤 지나자 발소리가 차츰 구별되기 시작했다. 지금은 여잔지, 남잔지, 아인지, 어른인지, 몸무게가 많이 나가는지, 적게 나가는지, 성격이 활기찬지, 아닌지도 알 수 있다. 추측이긴 해도 틀렸을 거라고도 생각하지 않는다. 발은 그 사람의 주춧돌과 같고, 발소리는 주춧돌에 아로새겨진 그 사람의 삶이라고 할 수 있을 테니까.

물레 여사는 종일 발소리를 들으며 낯모르는 사람들의 내력을 추측하기를 즐겼다. 그래야 하루를 지겹지 않게 보낼 수 있었다. 그녀의 분석은 다양하고 세밀했다.

저 발소린 남자 같아도 여자야. … 저건 남자 건데 고등학생 정도 됐겠네. … 에구, 저건 하릴없는 늙은이 것이군. … 저 할멈은 어딜 가는지 오늘 또 나가는구먼. … 저이는 날마다 저렇게 술을 퍼먹어서 어쩌려고 저러나….

그녀의 말은 다 맞는 듯했다. 사실을 확인할 수는 없지만 상상은 재미있었다. 그것은 그녀의 하루 소일거리였다. 처음에는 단지 그렇게 생각했다.

그런데 석 달인가 지난 어느 날, 물레 여사가 들뜬 목소리로 다급하게 나를 불렀다. 발톱을 깎아주는 중이었다. 그녀의 발톱들은 오랫동안 방치된 무좀 때문에 신발을 신을 수 없을 정도로 부풀어 있었다. 그것을 깎을 때마다 혹시 통증이 있을까 봐 조심하던 참이라 갑자기 부르는 소리에 놀라서 고개를 들었다. 그녀는 검지를 입술에 갖다 붙이고 조용히 하라는 시늉을 했다. 그리고는 나를 밀쳐내더니 두 다리를 침대 아래로 늘어뜨린 후 바깥 소리에 더욱 귀를 모았다. 불안과 기대가 뒤섞인 얼굴에 설렘이 일렁였다. 이윽고 그녀가 나를 돌아보았다.

저 발소리… 들리지? 드디어 작은애가 오고 있어. 좀 있으면 우리 집 벨을 누를 거야. 그러면 얼른 문을 열어줘. 기다리게 하지 말고. 먼 길을 왔으니까. 아, 알아볼 수나 있을래나? 너무 오랜만인데 … 근데, 왜 이렇게 급작스레 오는 거야. 기별이나 좀 하지.

그녀는 혼자 푸념하면서 내가 부축하기도 전에 침대 아래로 내려서더니 휘청거리며 거울 앞에 앉았다. 거울 속에는 꾀꾀한 얼굴에 주름투성이인 노파가 새하얀 머리털을 이고 앉아 있었다.

그즈음 누워있는 날이 많아진 그녀의 기력은 전과 달랐다. 처음에는 50미터 정도는 걸을 수 있었는데 이젠 그마저 힘들었다. 매일 보행기를 붙잡고 방안을 맴돌던 노력도 접어버렸다. 마치 바다 깊이 내렸던 닻을 거두듯 생을 접는 느낌이었다. 그런데 그날 거울 속에 있는 얼굴은 어느 때보다 환했다.

나는 정말 무슨 소리가 들리나 싶어 바깥 소리에 귀를 기울였다. 그러나 한낮의 골목은 그날따라 민방위훈련이라도 하는 것처럼 고요했다. 나는 막연하게 불안감을 느끼며 그녀를 돌아보았다. 그녀가 홍조 띤 얼굴로 옷장을 가리키며 말했다.

그, 그 하늘색 투피스를 좀 내줘. 걔가 오는데 입고 있어야지.

나는 잠자코 옷장에서 투피스를 꺼냈다. 그녀는 긴장한 눈길을 현관문에 둔 채 꺼칠한 입술에 립스틱을 바르고 저승꽃이 피어 얼룩덜룩한 얼굴에 서둘러 파운데이션을 펴 발랐다. 그녀가 거울 속에서 웃는 얼굴로 내게 물었다.

들리지? 저 발소리. 인제 곧 벨을 누를 거야.

그녀의 목소리는 오랜만에 생동감이 넘쳤다. 나는 빙긋 웃음으로 답한 후 그녀에게 옷을 입혔다. 그녀는 힘겹게 팔과 다리를 들었다 내렸다 하면서도 연신 벙글거렸다.

옷을 다 입은 후, 그녀는 소중한 것을 만지는 듯 조심스러운 손길로 옷자락을 자꾸 매만지며 초조하게 문을 바라보았다. 화장대 앞 시계의 초침 소리가 유난히 크게 들렸다. 마음이 조마조마했다. 나는 부디 어떤 발소리가 문 앞에 당도하기를 간절히 바랐다.

발소리는 끝끝내 가까워지지 않았다.

물레 여사의 얼굴에 실망감이 산그늘처럼 서서히 내려앉기 시작했다. 그녀는 한참 동안 눈을 감고 있다가 떴다. 눈꺼풀이 떨리며 꺼진 볼 위로 눈물이 주르르 흘러내렸다. 그래도 미련을 버리지 못한 그녀가 안간힘을 쓰며 말했다.

하 선생, 문 좀 열어 봐, … 분명히 … 그 애 발소리가 … 났어.

나는 아주 천천히 현관으로 나가 문을 열었다. 다른 때 같으면 꾸물거린다고 성화를 댈 그녀의 겁먹은 눈길이 잠자코 나를 따라왔다.

문을 열자 반지하의 습기 찬 냉기가 퀴퀴한 곰팡이 냄

새에 뒤섞여 물씬 밀려들었다. 그녀는 빛 조각이 희미하게 기어든 현관 앞을 뚫어지게 쏘아보았다. 마치 발소리의 자취라도 찾겠다는 듯이.

마침내 고개를 돌린 그녀가 침대 위로 올라가더니 벽 쪽으로 돌아누웠다. 병든 어린 짐승처럼 무기력해 보이는 그녀의 어깻죽지가 들썩이기 시작했다. 울음소리는 점점 높아졌다. 몸속의 피를 다 쏟아내는 듯 고통스러운 울음소리를 듣는 시간은 내게 고역이었다.

그 후에도 그녀는 종종 문밖의 소리를 들어보라고 성화를 대고, 문 쪽으로 눈길을 준 채 하염없이 앉아 있기도 했다. 그러다 결국 아무도 오지 않는다는 것을 문득 깨닫고는 같은 말을 변명처럼 되풀이했다.

그래, 기별 없이 올 애가 아냐. 멀리 있으니까 이렇게 보기가 힘드는구만. … 그런데 이렇게 연락을 안 할 애가 아닌데… 인제 내가 가진 게 없어서일까? … 요샌 돈이 자식이랑 이어주는 동아줄이라던데 난 너무 일찍 손을 털어버렸어. … 애들 뒷바라지 다 하고 나니까 겨우 이 방 한 칸이 남았는데 애들이 어지간히 챙피해했어. 그래도 사람이 형편껏 살아야지, 안 그래? … 이젠 딸년도, 아들놈도 통오질 않아. 그나마 날 챙겨주는 건, 뉴욕에 사는 작은딸인데 개도 이젠 … 동아줄이 끊어져버린 거야. 동아줄이….

그럴 때 그녀의 얼굴은 깊은 산골의 폐가처럼 쓸쓸했다. 그 일은 며칠에 한 번씩 되풀이되었다. 나는 그런 그녀를 볼 때마다 혼자 돌아가신 엄마를 떠올렸다.

엄마는 내게 아프다고 투정을 할 때마다 요양병원에서 하루하루 사위어가는 생에 대해 통증을 느꼈는지도 모른다. 세상의 모든 아픔은 그렇게 홀로 깊어갈 것이다. 나는 겪지 않아 알 수 없었던 그 고통이 그녀를 보고 있으면 엎질러진 커피 자국처럼 진하게 내 마음을 물들였고, 엄마에게 미안한 마음도 꼭 그만큼 깊어졌다.

물레 여사는 이를 악물고 신음을 삼키며 물기가 축축한 눈으로 나를 지그시 바라본다. 나는 그 눈길의 의미를 안다. 그러나 나는 말없이 식은땀이 차 있는 그녀의 손을 꼭 쥐어줄 뿐이다.

하 선생….

그녀가 내 손안에서 무기력한 손을 꼼지락거리며 또 부른다. 나는 모른 척 처음 만났을 때의 그녀를 생각한다. 스카이블루의 투피스를 입고 화사하게 화장을 했던 모습. 아이처럼 천진하게 웃던 모습…. 이제 그런 순간은 다시

오지 않을 것이다.

그녀는 나를 더 부르지 않고 미간을 잔뜩 찌푸린 채 눈을 감아버린다.

어둠이 깊어지자 창밖을 지나가는 발소리도 뜸해진다. 불을 끈 실내에 가로등 불빛이 비쳐 방안은 그녀의 고통과 상관없이 아늑한 느낌이다. 그녀는 조금 전에 잠들었다. 결국 나는 우는 아이에게 젖꼭지를 물려주듯 평소보다 많은 처방을 했다. 물론 그녀가 원하는 만큼은 아니다. 이제 방 안에는 고르지 못한 그녀의 숨소리와 신음 소리, 간간이 내쉬는 한숨 소리뿐이다. 누구도 올 사람은 없다.

두어 달 전, 그녀가 침대에서 처음 굴렀을 때, 나는 그녀의 큰딸에게 상황을 전했다. 작은 따님을 너무 기다리신다고, 며칠 전 새벽에도 딸이 오는 발소리를 듣고 황황히 침대를 내려오다가 그렇게 되었다고, 그러니 누구든 한 번은 와 봐야 하지 않겠느냐고 말했다. 여자가 대뜸 어이없어하며 말을 받았다.

엄마가 정말 그랬단 말예요? 동생 간 게 벌써 5년이나 됐는데…. 오래 사니 자식을 다 앞세운다고 그렇게 가슴 아파해놓곤…. 노인네 갈수록 예삿일이 아니네. 어쩜 좋아?

여자는 염려보다는 귀찮은 기색이 역력한 목소리로 어

쩌면 좋지? 라는 말을 몇 번 더하고는 일단 알겠다며 전화를 끊었다. 그러나 다음에 다시 통화할 때는 여전히 바빠서 당분간은 갈 수가 없으니 잘 부탁한다는 말뿐이었다. 곁에 있다면 따귀를 때렸을지도 모를 만큼 화가 치밀었다. 좀 너무하지 않느냐고 소리를 질렀지만 이미 전화가 끊어진 후였다.

잠든 그녀를 내려다본다. 베갯잇이 홍건히 젖어 있다. 소녀처럼 잘 웃던 그녀는 이제 자면서도 운다. 며칠 전, 실수를 하여 어쩔 수 없이 아랫도리를 내놓고 있을 때도 울었다. 수치심으로 붉어진 얼굴을 감추려 야윈 두 팔로 얼굴을 가린 채 눈물을 흘렸다.

미안하우, 하 선생. 이런 일까지 하게 해서…. 내가 이리될 줄 어찌 알았겠나. 포목 장사 할 때는 누구보다 건강하고 멋쟁이란 소리도 들었는데… 아랫도리를 내놓고 이리 누워 있게 될 줄 정말 몰랐다네. … 나, 더 못쓰게 되거들랑 그냥 버려줘. 그러면 늙은이 목숨은 서서히 끊어지게 돼 있어. 그게 날 도와주는 거야. 진심이야. 꼭 그래 줘.

허우룩하던 그녀의 말소리가 귀에 쟁쟁하다. 방안을 한 번 휘둘러본다. 방안의 풍경은 처음과 많이 달라졌다. 단

누군가 아픈 밤　　69

출했던 그녀의 방은 이젠 의료용구로 복잡해졌다.

그녀가 제일 먼저 구입한 것은 임대용 전동침대다. 그 곁에 안락의자처럼 생긴 이동변기가 놓여 있다. 그녀가 가장 모욕적으로 생각하는 물건이다. 그럼에도 그것은 방 안에서 가장 그럴싸한 모양새를 하고 있다. 원목으로 만든 안락의자 모양에 베이지색 레자 등받이와 방석 모양의 뚜껑을 갖추고 있다. 그것은 그럴싸한 자태와 달리 아침마다 고약한 냄새를 풍긴다. 그것을 깨끗이 씻는 일이 출근해서 내가 가장 먼저 하는 일이다. 다시 그곳에 그녀가 앉을 수 있을지는 알 수 없다.

테이블 위의 폰이 들들거린다. 여자인가 싶어 얼른 번호를 확인했다. 센터장이다. 나는 오늘 날마다 찍게 돼 있는 출퇴근 바코드를 찍지 않았다. 이번엔 물레 여사의 전화가 울었다. 역시 센터장이다.

나는 잠시 망설이다가 여자에게 또 전화를 건다. 전화는 여전히 연결되지 않는다. 이 여편네 나중에 얼마나 후회하려고! 나는 안타까움과 분노로 얼굴도 모르는 여자를 향해 힘껏 욕설을 내뱉는다.

야! 이 천하에 나쁜 년아! 제발 전화 좀 받아라!

물레 여사가 통증 때문인지 신음을 흘리다가 또 흐느낀

다. 나는 무기력하게 그녀를 돌아본다. 창밖으로 또 한 사
람의 발이 서둘러 지나간다.

소리의 함정

애당초 잘못은 내게 있었다. 층간소음이 사람을 얼마나 괴롭히는지 잘 안다고 생각한 게 화근이었다. 소음에 대한 느낌은 주관적인 것이어서 내겐 작은 소리도 어떤 사람에겐 크게 들릴 수 있다. 같은 소리도 기분에 따라 다르게 들리기도 한다. 그러니 상대가 내 소리를 못 들어주겠다면 내 잘못은 아니지만 이해는 할 수 있다. 그런 생각으로 너그럽게 대한 것이 빌미가 되었을 것이다. 남자는 걸핏하면 우리 집 벨을 눌러댔다. 그때마다 제발 좀 조용히 해달라고 사정을 했다가, 이런 식이면 층간소음분쟁위원회에 고발하겠다고 협박도 했다. 나는 그런 적이 없다고 아무리 말해도 소용없었다. 남자는 내가 집안에서 목공작업을 한다고 철석같이 믿고 있었다.

처음에는 관리사무소에서 연락이 왔다. 아래층에서 층간소음 민원을 제기했다고 했다. 전철을 타고 가다가 그 전화를 받았다. 지금요? 네, 지금. 난 밖에 있는데요. 네? 그 집에서 드릴로 뭘 뚫고 있다는데요. 아닙니다. 나는 대

수줍잖게 생각하고 전화를 끊었다. 며칠 후에는 경비실에서 연락이 왔다. 저녁 무렵이었다. 막 퇴근해서 샤워 중이었다. 나는 벌거벗은 채 인터폰을 들고, 혹시 톱으로 나무를 자르고 있느냐는 질문을 받았다. 역시 아니라 하고 끊었다. 좀 언짢긴 했지만 누군가 나처럼 소리에 예민한 사람이 있나 보다 생각했다. 세상에는 언제나 소음이 넘쳐나니까. 그러고는 내가 낸 소리가 아니기에 신경도 쓰지 않았다. 그 며칠 후 한 장의 짧은 편지가 우편함에 들어 있었다. 발신인이 적히지 않은 채였다.

소리는 미세하게 시작해서 한순간 폭포수처럼 쏟아집니다. 때로는 멀리서 자갈을 밟고 달려오는 말발굽 소리 같고, 어떨 때는 내 머리 위를 지나가는 수레의 바퀴 소리 같습니다. 지난 수개월 동안 거의 매일 그 소리를 견뎠습니다. 더는 견딜 수가 없습니다. 저도 살고싶어 이럽니다. 제발 더는 이 괴로움 속에 살지 않게 해주십시오.

아래층 남자였다. 짧지만 가슴을 울리는 느낌이었다. 얼마나 괴로웠으면 이런 걸 썼을까. 나는 그 고통스러운 기분을 잘 알고 있었다. 그렇다고 그가 더는 괴로움 속에 살지 않게 할 재주는 없었다. 그가 말하는 소음은 나와는 아무 상관도 없는 것들이었다. 그러자 그동안 관리사무소나 경비실을 통해 받은 민원이 결코 가볍지 않은 것이란 생각이 비로소 들었다.

내가 하지도 않은 일로 항의를 받는다는 것은 생각보다 훨씬 불쾌한 일이었다. 여러 개의 숨구멍 중 한 개가 막힌 듯 가슴이 답답해졌다. 그 사이로 오빠가 불쑥 고개를 내밀었다. '저도 살고 싶어 이럽니다.' 그 한 줄이 오빠의 하소연만 같았다. 나는 세차게 고개를 저었다. 그러나 오죽하면 겨우 몇 번 마주친 적이 있는 이웃에게 이런 말을 할까 싶어 남자가 안쓰러웠다.

아랫집에는 오십 대 부부가 살고 있었다. 엘리베이터에서 서너 번 남자를 마주친 적이 있었다. 늘 양복 차림이었고, 미간에 주름이 깊었다. 마주치면 묵례는 했지만 친절한 느낌은 아니었다. 여자는 이사 케이크를 돌리다가 본 적이 있었다. 여자는 그것을 받으며, 요즘도 이런 걸 돌리는 사람이 있네요. 라고 인사했다. 나는 이사할 때 시끄럽게 한 것이 미안해서 위, 아래 몇 집만 돌린다고 했다. 여자가 고개를 끄덕이며 웃었다. 웃을 때 보인 덧니 때문인지 눈가의 주름은 깊은데 나이보다 젊은 느낌이었다. 나는 두 사람을 떠올리면서 답을 썼다.

> 저는 아니라고 생각하지만, 혹시 소음이 들렸다면, 위층에 사는 사람으로서 미안하다는 말씀을 드립니다. 하지만 저는 혼자이고, 아침에 출근하면 저녁때가 지나서야 들어옵니다. 언제 소리가 났다는 것인지 모르지만, 낮의 소리를 말씀하신다면 절대 제가 아닙니다. 비번일 때는 집에 있기도 하지만 거의 소리 낼 일을 하지 않습니다. 혹시 소리가 났다 하더라도 생활 소음에 불과합니다. 한낮의 생활 소음은 공동주택 생활을 하는 한 이해하셔야 한다고 생각합니다. 뭔가 오해가 있는 것 같으니 잘 알아보시기 바랍니다.

편지를 아랫집 우편함에 넣어 두었다. 직접 말하기보다 편리한 방법이었다. 그러나 설득력이 없었는지 그 후 두어 번 더 관리사무소와 경비실에서 연락이 왔다. 혹시 쇠막대기로 바닥을 긁고 있느냐, 드릴로 뭘 뚫느냐, 톱을 사용하느냐는 등 나와는 거리가 아주 먼 내용들이었다. 그런 소리는 의자를 옮기거나 잠깐 벽에 못을 박는 것과는 다른 차원의 것들이어서 들을 때마다 기분이 좋지 않았다.

나는 오빠 때문에 극히 작은 소음도 못 견디는 사람들이 있다는 것을 일찌감치 알고 있었다. 나도 오빠만큼은 아니지만 예민한 편이었다. 내가 아파트 꼭대기 층 갓집에 사는 것도 그래서였다. 소음은 크든 작든 듣는 사람에 따라 극심한 고통이었다. 나는 가시덤불을 온몸에 두르고 데굴데굴 구르는 느낌이었다. 만약 아랫집 남자가 그런 상황이라면 앞날이 걱정이었다. 그는 내게 모든 혐의를 씌우고 그 문제를 해결하라고 윽박지르겠지만 내가 해결할 수 있는 것은 아무것도 없었다.

내가 내지 않은 소리인데도 자꾸 항의를 받자 차츰 조심스러워졌다. 내 집인데도 전혀 자유롭지가 않았다. 의자를 당기다가 조금만 소리가 나도 가슴이 죄었다. 무심해지자 하는데도 잘 되지 않았다.

남자가 찾아온 것은 메모를 주고받은 지 보름쯤 지난 후였다. 종일 격무에 시달려 몹시 피곤한 날이었다. 집에 오자마자 재킷만 벗고는 소파에 잠시 누워 있었는데 잠이 든 모양이었다. 어렴풋이 벨 소리를 들었지만 우리 집이라곤 생각지 않았다. 간혹 늦은 시간에 택배기사가 벨을 누르기도 하지만 그날은 배달될 물건이 없었다. 벨이 또다시 울렸다. 그제야 우리 집이구나 싶어 몸을 일으켰다.

현관 모니터에 웬 남자의 모습이 비쳤다. 모자를 깊이 눌러쓰고 마스크를 쓴 채 벽을 짚고 서 있는데 누군지 알 수가 없었다. 폰을 들자 남자가 고개를 들었다. 날카로운 눈빛이 쏘듯이 나를 보았다. 아랫집 남자였다. 놀랍고 두려웠다. 이 밤에 또 무슨 말을 하려고 그러나 싶어 피하고 싶었다. 그동안의 일에 대해 얘기하기 좋은 기회기도 했지만 밤이었고, 자다 일어나 정신도 트릿했다. 내가 문을 열까 말까 망설이는데 남자가 의외로 정중하게 말했다.

"아랫집에 사는 사람인데, 얘기할 게 있으니 문 좀 열어주십시오."

"인터폰으로… 말씀하시죠?"

나는 문을 열지 않기로 작정하고 답했다. 남자가 들으란 듯 한숨을 크게 내쉬었다.

"사람이 얼굴도 안 보고 어찌 말을 합니까?"

맞는 말이었다. 그러나 시계를 보니 열 시가 가까웠다. 타인에게 함부로 문을 열어줄 시간은 아니었다.

"밤이 늦었어요. 제 입장은 충분히 다 말해서 더 얘기할 것도 없고요."

"일방적으로 그러면 이 문제가 끝나요? 나는 날마다 시끄러워서 살 수가 없는데?"

남자의 말투가 거칠어졌다. 어처구니가 없었다. 지금까지 그렇게나 되풀이해 말했는데도 못 알아듣는다면 완전 벽창호가 아닌가. 층간소음에 대해서라면 나도 알 만큼은 안다. 오래된 아파트의 층간소음은 아래, 위층만의 문제가 아니다. 심한 소음은 여러 집이 다 같이 영향을 받기 마련이다. 그런데 남자는 다른 집은 알아볼 생각도 않고 내 탓만 하고 있다. 직접 얘기하지 않고는 끝날 일이 아니었다. 문을 열었다. 남자가 다짜고짜 내 앞으로 다가서더니 뭔가 살피는 듯한 눈길을 내 어깨 너머에 두고 말했다.

"도대체 새벽에 일어나 뭘 하는 겁니까? 시끄러워서 잠을 잘 수가 없어요. 어디 새벽뿐인가. 한낮에도, 밤중에도 도통 쉬지를 않아. 그 때문에 수면 부족으로 죽을 지경인데 왜 모른 척하는 거요. 대체 뭘 하는데 톱질 소리, 드릴 소리, 망치질 소리가 자꾸 나는 거요? 틀림없이 집에서 뭔가 작업을 하는 모양인데, 집에선 그렇게 시끄러운 작업을 해선 안 되는 걸 몰라요?"

아무리 들어봐도 나와는 전혀 상관없는 얘기였다. 나는 새벽에 잠을 깬 적도 없었고, 지금 말하는 공구 따위는 만질 일도, 가진 적도 없었다. 그렇게 말했지만 남자는 눈까지 지그시 감고 어림없는 소리라는 듯 고개를 저었다. 참으로 답답한 노릇이었다. 나는 다시 한번 또박또박 말끝마다 힘을 주어 말했다.

"제 편지 보셨죠? 거기 적힌 그대로예요. 그러니까 댁이 듣는 소리들은 저하곤 아무 상관 없어요. 제겐 더 이상말할 게 아니라고요."

남자가 들고 있던 푸른색 표지의 파일을 내 눈앞에 들이밀고 흔들었다.

"이 안에 그동안의 기록이 다 있어요. 몇 시에서 몇 시사이에 무슨 소리가, 어느 쪽에서 났는지 다 적어놨으니발뺌할 생각 마시오."

남자는 가소롭다는 듯 콧방귀를 끼었다. 모자챙과 마스크 사이에서 나를 쏘아보는 타인의 눈이 그렇게 소름 끼치기는 처음이었다. 나는 문을 잡아당기며 쏘아붙였다.

"어쨌거나 나하고는 상관없는 일이에요. 다른 집을 알아보세요."

남자가 재빨리 문을 잡아챘다. 몸이 휘청, 앞으로 쏠렸다. 어머나! 내가 소리를 지르자 남자도 놀랐는지 얼른 손을 놓았다. 나는 힘껏 문을 잡아당겼다. 부서지기라도 할

듯 큰소리가 났다. 전신이 떨려왔다. 꼭대기 층으로 이사
와서 이젠 소음과의 갈등이 완전히 끝났다고 생각했는데
또 다른 시작이었다. 생각지도 못한 일이었다. 전에는 내
가 피해자였는데 지금은 내가 가해자가 되었다. 문제는
가해자로 지목당했지만 내가 가해자는 아니라는 것이다.
그런데 남자는 내 말을 믿을 생각이 아예 없어 보였다.

　오빠도 그랬다. 한 번 의심이 시작되면 누구의 말도 믿
지 않았다. 의심은 의심을 낳았다. 그것은 오빠를 평생 따
라다닌 불안감의 다른 모습이었다. 그것은 늪과 같았다.
한 번 빠지면 끝없이 빠져들었다. 오빠는 세상의 소리라
는 소리는 모두 못 견뎌 했다. 늘 귀를 틀어막고 살았다.
면봉에 솜을 말아 빡빡해서 안 들어갈 때까지 쑤셔 넣을
때도 있었다. 그러다 고막을 건드려 치료를 받기도 했다.
오빠는 차라리 고막이 터져 아무 소리도 안 들리길 바랐
다. 그럴 때마다 엄마는 소리가 안 들리면 얼마나 불편한
지에 대해 아는 대로 주워섬겼다. 오빠는 엄마의 말을 듣
지 않았다. 어느새 귀를 꽁꽁 틀어막고 편안해진 얼굴로
엉뚱한 데를 보고 있기 일쑤였다.

　오빠는 귀를 틀어막고도 걸핏하면 어디선가 소리가 난

다고 투덜거렸다. 아무리 아니라고 해도 소용없었다. 어느 날은 한밤중에 일어나 온 집안을 뛰어다니며 좀 조용히 하라고 소리를 질러댔다. 사방이 고요한데 벽을 울리는 오빠의 고함은 전율스러웠다. 좀 조용히 하라고! 조용히 하란 말야! 그 비명 같은 소리를 들을 때마다 조용히 할 것도, 조용히 시킬 것도 없어서 미칠 지경이었다. 오빠! 아무것도 없어. 세상이 다 고요해. 지금 한밤중이거든. 그러니 잠 좀 자자. 그러면 오빠가 눈을 번뜩이며 말했다. 아니야, 니가 몰라서 그래. 이것들은 눈에 안 보여. 근데 난 그 소리를 들을 수가 있어. 아주 옛날부터 그랬어. 그동안 말은 안 했지만 늘 그랬어. 이젠 이것들까지 나를 우습게 여기고 대놓고 씨부렁대고 있어. 시끄러워서 견딜 수가 없어. 견딜 수가 없다고! 오빠는 고개를 이리저리 돌리고 눈을 희번덕거리며 말했다. 그럴 때 나는 오빠의 구부정한 등줄기를 가만가만 쓸어주며, 잘 들어봐. 지금도 소리가 나는 것 같아? 라고 물으면 오빠는 갑자기 맥이 빠진 음성으로 꿍얼거렸다. 으응, 지금은 안 그래. 니가 있으니까. 이것들은 아무도 없을 때 나한테만 그래. 나를 얼마나 업신여기는지 몰라. 그게 정말 싫다구. 나는 오빠의 손을 잡고 불안에 떠는 오빠의 눈을 들여다보았다.

아무것도 없어. 다 오빠 생각이야. 그것들이 또 오빠를 좀 업신여기면 어때? 우리가 오빠를 이리 소중하게 생각하는데…. 난 오빠가 없는 세상은 생각할 수가 없어. 그러면 오빠가 입을 비죽이면서도 싱그레 웃었다. 어떨 땐 부쩍 의심스러운 눈길로 '아닐걸? 아니잖아?'라고 다잡기도 했다. 나를 바라보는 오빠의 눈빛은 퍽 혼란스러웠다. 나는 오빠를 꼭 껴안으며 아니라고, 절대 아니라고 맹세하듯 말했다. 그제야 오빠는 비로소 안도의 표정을 짓곤 했다.

오빠의 불안감은 한동안 우리를 힘들게 했다. 나는 그것이 아버지의 부재와 어른스럽지 못했던 엄마 때문이라고 생각했다. 아버지는 어느 날 갑자기 사라져버렸다. 엄마는 아버지를 대하듯 오빠를 대했다. 보증 빚에 떠밀려 어디론가 깊이 숨어버린 아버지에 대한 원망과 앞날에 대한 걱정과 근심, 그로 인해 생기는 불안을 오빠에게 떠넘겼다. 하루가 멀다 하고 엄마의 넋두리를 듣는 오빠의 미간은 갈수록 찌푸려졌다. 삼십 대에 오빠의 미간은 이미 노인 만큼이나 주름이 깊었다.

오빠는 엄마를 닮아 여리고 유약한 편이었다. 그러나 맏이라는 책임감은 누구보다 강했다. 아버지가 사라진 후 엄마의 거듭된 신세 한탄은 더욱 오빠를 묶어놓았다. 집

안에 기둥이 빠져나가고 없는데 내가 무슨 힘으로 살아내겠느냐고, 이 아이들이 언제 커서 아버지의 빈자리를 메우겠느냐고, 차라리 다 죽는 게 낫지 않겠느냐고.

오빠는 그런 말들을 잠자코 듣고 있었다. 오히려 내가 제발 좀 그만하라고, 지긋지긋하다고 엄마에게 패악을 부리곤 했다. 겨우 중학생이 되었지만 나는 엄마의 어린애 같은 모습을 견딜 수가 없었다. 그럴 때도 오빠는 나를 말렸다. 오죽하면 그러시겠냐고, 나도 이 상황이 무서운데 엄마는 얼마나 더하겠느냐며 엄마를 감쌌다.

오빠! 아빠가 안 계시면 엄마가 우리 보호자 아냐? 그런데 왜 저래? 자꾸 애처럼 징징거리면 우리가 어쩌라구! 그러면 엄마는 잘 만났다는 듯 아버지와 나를 싸잡아 욕을 끌어 부었다. 엄마의 입에서 아버지는 만신창이가 되었다. 나중엔 돌아오고 싶어도 돌아올 수 없을 정도로 넝마가 되었다. 그래선지 아버지는 끝내 돌아오지 않았다.

아버지와 그토록 허무하게 헤어져버린 것은 우리 모두에게 크나큰 상처였다. 오빠는 마지막까지 아물지 않은 상처를 끌어안고 살았다. 아버지가 사라진 후 오빠는 아버지의 역할을 떠맡았다. 엄마가 고단한 삶이 겨워 가끔씩 절망적인 울음을 터뜨릴 때면 오빠는 엄마를 끌어안고 울음을 그칠 때까지 가만히 있었다. 겨우 중3이었다. 엄마는 마치 아버지에게 하듯 오빠에게 또 푸념을 늘어놓았다. 그것이 한쪽 귀로 들어가 한쪽 귀로 흘러버렸다면 좋았을 것을, 그 쓸데없는 말들은 오빠의 가슴속에 차곡차곡 쌓였다.

오빠는 아버지의 빈자리를 대신하지 못할까 봐 늘 전전긍긍했다. 그 불안감 때문에 무슨 일을 하든 돌다리를 두들기고 또 두들기는 습관이 생겼다. 그것은 어느 정도 긍정적인 역할을 했다. 학교 다니는 내내 우등생이었고, 졸업 후에는 사람들이 선망하는 회사에 들어가서 인정도 받았다. 하지만 무슨 일을 하든 집착이라 할 정도로 책임감이 넘치면서 동료들에게 본의 아니게 피해를 주고, 나중엔 부하직원들을 괴롭히는 사람이 되었다. 결국 오빠는 서서히 사람들에게 외면당했고, 변방으로 밀려났다. 그 무렵 오빠는 누가 봐도 몹시 위태로워 보였다. 보다 못한 엄마가 이젠 그만두고 좀 쉬라고 할 정도였다. 그건 엄마가 오빠에게 준 유일한 선물이었다.

그때, 오빠가 했던 말을 나는 지금도 잊지 못한다. 엄마, 정말 그렇게 생각해요? 나, 인제 쉬어도 괜찮겠어요? 정말 나 하고 싶은 대로 하고 살아도 되겠어요? 나는 연방 싱글거리며 되풀이해 묻는 오빠가 어느 때보다 가여워서 혼자 입술을 깨물었다.

그 후, 엄마는 젊은 날 어린 아들을 방패 삼았던 대가로 오빠의 극심한 불안증과 공황 상태를 감당해야만 했다. 쉬면 나을 줄 알았던 병세는 나아지지 않았다. 직장을 그만두고 쉴 수 있다고 좋아했던 오빠는 막상 시간이 많아지자 자신이 뭘 하고 싶은 것인지 알지 못했고, 그 사실을 못 견뎌 했다.

오빠는 나를 몹시 부러워했다. 넌 어릴 때 엄마한테 반항도 하고, 공부도 하고 싶으면 하고, 하기 싫으면 안 했어. 엄마가 그렇게 왁살스레 굴어도 넌 거의 신경을 쓰지 않았지. 난 그게 늘 부럽더라. 같은 뱃속에서 났는데 난 왜 이 모양인가 싶을 때가 많았어. 오빠가 그럴 땐 뭐라고 위로를 해야 할지 알 수가 없었다. 나도 오빠가 등신 같다고 생각했던 적이 한두 번이 아니었으니까. 그런데 훗날 생각해보니 그런 오빠가 있었기에 내가 있었다. 나는 오빠를 바람막이 삼아 안전지대에 있었던 것이다. 오빠가 없었다면 내가 소낙비처럼 쏟아지는 엄마의 신세 한탄을 듣고 있어야 했을 것이다. 그 끝이 어떻게 되었을지는 알 수 없지만. 그래도 나는 오빠처럼 생을 던지지는 않왔을 것이다.

어느 날부턴가 걸핏하면 자신을 버러지 같다고 했던 오빠는 어느 날, 버러지를 없애듯 자신의 목숨을 하찮게 던져버렸다.

내게 억지로 밀려난 남자는 화를 가누지 못한 듯 문을 한 번 탕, 두들기고는 계단을 내려갔다. 안도의 한숨이 절로 나왔다. 발소리를 죽여 부엌으로 갔다. 목이 말랐다. 냉장고를 열어보았지만 냉수가 없었다. 냉동 칸을 열었다. 입구에 있던 아이스 팩이 떨어져 발등을 찍었다. 악! 비명을 지르다 말고 얼른 입을 다물었다. 남자가 다시 올까 봐 무서웠다. 그것이 어이없어서 화가 치밀었다. 나는 혼자 쌍욕을 뱉으며 조심조심 샤워실로 들어갔다.

그날 밤, 좀처럼 잠을 이룰 수가 없었다. 남자의 편지가 생각났고, 오빠가 생각나서였다. 남자가 우리 집 벨을 누른 건 나의 해명을 믿지 못해서가 아니라, 혹시 그의 말처럼 살고 싶은 몸부림 때문이었나 하는 생각이 자꾸 들었다.

'나도 살고 싶어서 이럽니다.'

그 말은 흔히 하는 표현이 아니었다. 더구나 이웃 여자에게라니. 그의 편지와 느닷없는 방문은 혹시, 여기, 이렇게 아픈 사람이 있으니 좀 도와달라는 애원은 아닌가? 나는 조금씩 남자가 염려스러워졌다.

오빠도 그랬다. 한창 업무 중인데 전화를 걸어서는 할 말이 있다고 했다. 시간에 쫓긴 내가 빨리 말하라고 재촉하면 오빠는 많이 바쁘냐며, 시간이 좀 필요하다고 얼버무리듯 말했다. 그때 나는 오빠의 마음을 헤아릴 생각은 않고 직장생활을 그렇게 하고도 내 사정을 헤아리지 못하는 오빠를 한심하게만 여겼다. 그래서 나중에 통화하자하고 기어이 전화를 끊어버릴 때가 많았다. 때로는 나중에도 전화하지 않을 때가 더 많았다. 그러면 오빠는 더 자주 전화를 했다. 그렇다고 왜 그때 전화를 안 해줬냐고 탓하지는 않았다. 내가 먼저 미안하다고 하면 괜찮다고 했다. 그냥 그 순간, 말할 사람이 필요했을 뿐이야. 그럴 땐 내가 독 안에 든 것 같거든. 그 순간만 지나고 나면 괜찮아져. 오빠는 그 말을 아무렇지도 않게 했다. 나는 그런 오빠가 염려스럽기는 했지만 갈수록 진력이 나는 것도 어쩔 수가 없었다. 직장에 다니면서 자기 일을 열심히 하는 오빠가 차라리 나았다.

오빠는 나중엔 어디선가 소리가 끊임없이 난다고, 시

끄러워서 못 살겠는데 어디서 소리가 나는지 알 수 없다며 전화를 해댔다. 경민아, 나, 이 소리 정말 못 견디겠어. 죽을 것 같아. 나는 오빠의 하소연을 얼마쯤 듣다가 회사에 있어 도울 수가 없으니 관리사무소에 전화해보라고 했다. 오빠는 대답도 제대로 않고 전화를 끊어버렸다. 그때는 오빠가 참고 또 참다가 극한에 이르러 어쩔 수 없이 전화했다는 것을 알지 못했다.

그 후, 오빠는 나의 충고를 받아들여 소리가 들려올 때마다 관리사무소에 전화했다. 얼마 안 가 오빠는 관리사무소에서 미친놈 취급을 받았다. 어느 날, 오빠는 관리사무소에 가서 한바탕 소란을 피운 후 내게 전화를 했다.

난 단지 어디선가 들려오는 소리가 시끄러워서 못 살겠으니 도와달라는 말을 했을 뿐인데 번번이 날 미친놈 취급하잖아? 그래서 오늘은 가서 확 뒤엎어버렸어. 오랜만에 기분이 좋은 목소리였다. 오빠, 그러면 정말 미친놈 됐겠다? 내 염려에 오빠가 시원스럽게 웃었다.

너한테만 하는 말인데, 사실은, 막 소리 지르고 집어던지고 하니까 속이 시원했어. 뭔가 확 뚫리는 느낌이었지. 사람들이 놀란 눈길로 쳐다볼 때는 짜릿하기까지 했어. 아아주 시원했어. 나는 놀란 마음을 숨기고 달래듯 말했다. 그래도 앞으로는 그러지 마. 오빠 평판만 나빠져. 내 말에 오빠가 흐흐흐, 웃었다. 생전 처음 듣는, 의미를 알 수 없는 웃음이었다.

나는 오빠가 간 후에야 시도 때도 없이 오빠가 전화를 했던 것이 살고 싶은 몸부림이 아니었던가 생각했다. 그때는 그런 생각을 전혀 하지 못했다.

대체로 나는 방관자였다. 아닌 척 한 번씩 액션을 취하긴 했지만 오빠의 고통을 헤아리진 못했다. 오빠를 생각하면 안쓰럽고 안타까웠지만 그건 오빠가 선택한 삶이어서 어쩔 수 없다고 생각했다. 그래서 오로지 오빠를 위해 최선을 다해본 적은 없었다. 오히려 무심할 때가 더 많았다.

그즈음 오빠는 엄마를 보고 싶어 하지 않았다. 보기만 하면 화를 냈다. 세상에서 가장 보기 싫은 사람이라며 행패를 부려 엄마를 괴롭힐 때가 많았다. 그럴 적마다 엄마는 주름이 깊어 더욱 절망적으로 보이는 얼굴로 오빠를 달래려 애썼다. 그 사이에서 내가 할 수 있는 일은 거의 없었다. 오빠의 감정이 숫돌에 갈기라도 한 듯 날이 서면 더욱 그랬다. 나 또한 오빠의 문제가 엄마에게 책임이 있다 생각했고, 엄마가 고통받아 마땅하다고 생각했다. 엄마도 젊은 날엔 무섭고 두려워서 그랬을 거란 생각 같은 건 하지 못했다.

　절망감이 깊어진 엄마는 한동안 이모에게 가서 오지 않았다. 오빠가 오라고 하기만 기다렸지만 오빠는 끝내 그 말을 하지 않았다. 그리고 어느 날 훌쩍, 영원히, 떠나버렸다.

　그 후, 나는 수도 없이 시간을 되돌릴 수만 있다면 하고 상상을 했다. 그러면 절대 오빠를 그렇게 혼자 버려두지 않을 것이다. 한낮에 업무 중인 동생에게 전화하고픈 생각 같은 건 아예 들지 않도록 오빠를 위해 자주 시간을 낼 것이다. 오빠 곁에 앉아서 엄마답지 않았던 엄마를 흉보다가, 그럼에도 철부지 엄마를 감싸는 오빠에게 동조하기도 하면서 정다운 오누이의 시간을 가질 것이다. 그 외에도 어떤 식으로든 오빠가 극단적인 생각을 하지 않도록 만들 것이다. 수없이 그런 생각을 했지만 가버린 시간은 다시 오지 않는다. 후회할 게 많은 나 같은 인간에겐 언제나 그것이 문제였다.

　그런 생각들을 하다 보니 남자가 가여워졌다. 밤낮을 가리지 않고 소리가 난다는 걸 보면 하루 종일 집에 있는 게 분명했다. 소음은 한 번 신경 쓰기 시작하면 자석처럼 귓속을 파고들었다. 나중엔 없는 소리도 만들어 들었다. 나도 같은 경험을 한 적이 있었다. 이사한 얼마 후까지도 유진의 아이들이 뛰어다니던 발소리가 들려오는 듯했다.

유진은 내가 처음 입주한 아파트 바로 위층에 살았다. 엘리베이터에서 첫인사를 나눈 뒤 친해져서 몇 년 동안 자매지간처럼 잘 지냈다. 결혼 후 오랫동안 임신이 되지 않아 애를 태우던 유진이 몇 번의 인공수정 끝에 임신이 됐을 때는 함께 축하 파티도 했다. 쌍둥이가 태어났을 때는 동생이 아기를 낳은 것처럼 기뻐서 마음이 설레기도 했고, 백일이나 돌 때는 물론이고 평소에도 쌍둥이에게 필요한 게 있으면 선물로 사다 주기도 했다. 그 사이에 우리의 우정은 잘 쌓은 성벽처럼 견고해졌다. 하지만 아이들이 자라 천장 등이 흔들릴 만큼 소음이 심해지자 우리 사이도 버성기기 시작했다. 누워 있을 때는 예쁜 인형 같던 아기들이 자라서 뛰어다니기 시작하자 탱크 같았다. 거의 날마다 천장이 우렁우렁 울렸다. 아이들이 깨어 있는 동안에는 집이 휴식처가 아니라 공사판이었다. 처음에는 어떻게든 견딜 수가 있었지만 아이들의 체중이 늘어갈수록, 놀이가 다양해질수록 인내심이 바닥을 드러냈다. 그러나 농담처럼 불평을 할 수는 있어도 드러내놓고 불만을 말할 수는 없었다.

유진은 언제나 몹시 미안해했다. 하지만 워낙 어렵사리 얻은 아이들이어선지 좋은 버릇이나 습관을 들이는 데 어려움을 겪었다. 더구나 한창 크는 아이들의 행동을 제지하는 것은 한계가 있었다. 나도 그것을 모르지 않았다. 그런데도 견딜 수 없는 것은 어쩔 수가 없었다. 유진은 나름대로 노력을 많이 했다. 거실과 아이들 방에는 매트를 깔아놓고, 과일이나 빵, 갓 볶은 원두커피 등을 건네며 나를 다독였다.

두 사내아이는 틈만 나면 소파에서 거실 바닥 위로 뛰어내리거나 집안을 놀이터 삼아 뛰어다녔다. 매일 되풀이되는 소음은 조금씩 나의 신경을 갉아먹었다. 아이들이 놀던 소리는 세상이 고요해진 후에도 머릿속에 남아 있었다. 소음 때문에 숙면을 취하기가 어려웠다. 증세는 갈수록 심해졌다. 그래도 정든 관계를 깨고 싶지 않아서 집에 있을 때면 귀마개를 하고 살았다.

이사를 하게 된 것은 유진의 사소한 푸념 때문이었다. 어느 날, 애들끼리 두고 우리 집에 잠시 내려왔던 유진은, 아이들이 뛰어다니는 소리에 내가 계속 인상을 찌푸리고 있는 걸 눈여겨보았다. 나도 몰랐던 일이었다.

언니는 너무 예민해. 나 꼭 죄인이 된 거 같아. 언니처럼 그러면 애들 키우는 집은 다 죄인처럼 살아야 하잖아? 자신도 더는 어쩔 수 없다는 듯 어깨를 으쓱하며 퉁명스럽게 내뱉는 말이 그렇게 서운할 수가 없었다. 순간, 이사를 결심했다. 아이들이 다 자랄 때까지 견딜 자신이 없었고, 내 입장을 그렇게밖에 이해 못 하는 유진이 야속했다.

한 달여 발품을 팔아 어렵사리 꼭대기 층 갓집을 구했다. 다시는 층간소음으로 시달리고 싶지 않았다. 선택은 탁월했다. 이젠 누구도 나를 방해할 사람이 없었다. 세상이 다 고요해진 듯했다. 소음에 시달리는 괴로움 따위는 이제 먼 얘기였다. 그런데 몇 달 만에 그것이 아니란 걸 이웃집 남자가 또렷이 새겨준 셈이었다. 늑대를 피하면 호랑이를 만난다더니 내가 그런 꼴이었다.

남자는 며칠 후 한낮에 또 찾아왔다. 밀린 집안일을 마쳤을 때였다. 남자는 다른 때와 달리 벨을 한 번만 눌렀다. 모른 척했다. 한참 있다가 또 벨이 울렸다. 이번에도 한 번이었다. 잠자코 있었다. 세 번째 벨이 울렸다. 이번엔 연거푸 두 번이었다. 남자는 내가 집에 있다는 걸 아는 것 같았다. 발소리를 죽이고 다녔지만 들은 게 분명했다. 피한다고 될 일이 아니었다. 인터폰을 들었다. 남자가 모자 아래 두 눈을 치뜬 채 모니터에 얼굴을 바싹 들이밀었다.

"또 왜 그러세요!"

나는 용건부터 물었다.

"문을 좀 열어봐요."

"그냥 말씀하세요."

이번엔 부드럽지만 단호하게 말했다. 남자의 날 선 감정에 기름을 부어서도 안 되지만 더는 만만해 보여서도 안 될 일이었다. 여차하면 신고할 수도 있다는 걸 보여줘야만 했다. 남자가 노려보았다. 마스크와 모자챙 사이에 박힌 눈빛이 깨진 유리 조각 같았다. 등줄기가 서늘해졌다.

"내, 부탁하는데, 내가 이러는 게 싫으면 제발 좀 조용히 해줘요. 오죽하면 내가 이러겠소? 해도 해도 너무하니까 이러는 거 아닙니까."

남자는 마치 이를 응등그려 문 듯 말했다. 불쾌했지만 참았다. 그도 오빠처럼 한꺼번에 감정을 폭발시킬지도 몰랐다. 비록 약간의 연민을 가지고 있다 하더라도 조심할 건 조심해야 했다. 지금으로선 그에게, 나는 뻔뻔스러운 적군이었다.

"지금은 한낮이고, 조금 전에 빨래랑 청소 좀 했어요. 그걸 갖고 뭐라 그러시려면 가세요. 공동주택에 사시면 한낮의 생활 소음은 견딜 수밖에 없는 거니까요."

나는 좀 더 부러지는 느낌으로 말했다. 남자가 코웃음을 쳤다.

"나 그렇게 기본이 안 된 사람이 아니오. 조금 전까지도 톱으로 작업하는 소리가 얼마나 요란했는데… 시침을 떼도 분수가 있지!"

남자가 별안간 소리를 질렀다. 분노 때문인지 목소리까지 떨었다. 위험한 이웃이었다. 지금 남자에게 필요한 것이 아무리 따뜻한 관심과 부드럽고 친밀한 대화라 하더라도 나로선 할 게 없었다. 도저히 견딜 수가 없을 뿐이었다.

그동안 관리사무소에 몇 번이나 문제 해결을 부탁했지만 하소연이나 겨우 들어줄까 적극적으로 나서지는 않았다. 주민 사이의 일은 중립을 지켜야 한다면서도 위층에서 뭔가 소리가 나니 그러지 않겠느냐는 입장이었다. 내 말이 진실이란 것을 몰라주는 상황이 그렇게 억울할 줄은 미처 몰랐다. 나는 남자만큼이나 부들부들 떨면서 목청껏

소리를 질러버렸다.

"차암, 답답하시네! 지금까지 그렇게 말했는데도 못 알아들으세요? 전 그런 적 없다고 했잖아요! 그러면 다른 집을 찾아보든가, 병원을 가보셔야지 왜 자꾸 날 못살게 구냐고요! 언제든 들어와서 작업 용구가 있는지 확인하라잖아요! 그런 건 않으면서 내가 하지도 않은 일을 갖고 자꾸 이러면 어떡하냐고요!"

남자가 끝말을 잡아챘다.

"어떡하냐니? 안 하면 되지! 들어와서 확인을 하라고? 나를 바보로 아나? 내가 그 함정에 빠질 것 같아?"

"함정이라니?"

나는 인터폰을 거칠게 내려놓으며 중얼거렸다. 무슨 뜻인지 알 수가 없었다. 남자가 문밖에서 외쳤다.

"내가 이 집에 발을 들여놓는 순간, 주거침입으로 경찰을 부르겠다는 속셈이겠지. 난 그 속셈을 다 알아! 나도 알 건 다 아니까 무시하지 말라구! 집구석에 종일 웅크리고 있다고 바보로 생각지 말라고! 나 이래 봬도 한때는 잘나갔던 사람이야! 무시당할 만큼 인생을 살지 않았어! 날 무시하지 말란 말이야! 무시하지 말라고!"

어느 집 문인가가 거칠게 열렸다가 콰당, 부서지는 소

리를 내며 닫혔다. 제발 그만하라는 시위일 것이다. 집집마다 소리를 죽인 채 우리의 언쟁을 듣고 있는지도 몰랐다. 얼굴이 화끈했다. 앞집이 비어 있는 것이 그나마 다행이었다.

나는 벽에 기대어 섰다. 갑자기 어딘가를 세게 두들겨 맞은 기분이었다. 남자의 고함이 비명 같아서 아직도 가슴이 두근거렸다. 남자는 떠나는 기색이 없었다.

나는 조심스럽게 밖을 내다보았다. 그는 아무도 없는 복도에서 홀로, 자기가 왜 그 자리에 있는지 모르는 것 같은 얼굴로 우두커니 서 있었다. 조금 전에 소리를 질러대던 사람이라 할 수 없게 무표정했다. 오빠도 한 번씩 그렇게, 무표정한 얼굴로 거실 한복판에 우두커니 서 있었다. 어디로 가야 할지 길을 잃은 사람처럼. 나도 갑자기 길을 잃은 느낌이었다.

이윽고 남자의 발소리가 멀어졌다.

아랫집 여자와 마주친 것은 며칠 후 엘리베이터에서였다. 눈이 마주쳤지만 여자는 목례를 하는 듯 마는 듯 눈길을 피했다. 나는 여자의 부스스한 뒷머리를 보고 있다가 용기를 냈다.

"저, 위층에 사는데, 아저씨가 저한테 소음 문제로 항의하는 거 알고 계시죠?

여자는 돌아보지 않았다. 부정도 하지 않았다.

"벌써 몇 번째 올라오셨어요. 근데, 저, 항의를 받을 만큼 시끄럽게 굴지 않아요. 아무리 말해도 믿지를 않으시지만. 저더러 맨날 목공작업을 하는 것 같다고, 그건 아파트에서 할 짓이 아니라 하시는데, 전 그런 걸 하고 있을 만큼 기운이 있지도, 한가하지도 않아요. 아침이면 출근해서 보통 저녁에 들어오고, 일주일에 한 번 비번인 날 쉬어요. 근데 지금은 쉴 수가 없어요. 한 번씩 엉뚱한 항의를 받고 나면 진이 빠지거든요. 맨날 조바심치면서 살려니 너무 괴로워요. 신경쇠약이 걸릴 지경이라고요. 낮에는 엔간히 시끄러워도 참아주는 게 공동주택에 사는 매너 아닌가요? 근데 해도 너무해요."

여자가 나를 돌아보았다. 자잘하게 잡힌 눈가의 주름이 퍽 고단하게 보였다. 아무런 염려도, 동정심도 없이 다만 성가시다는 눈길이었다.

"신고해 버리세요. 나도 그 사람이 왜 그러는지 모르니까…. 몇 달 전부터 약 없이는 잠을 못 자겠다더니, 약 먹고 잠들면 내가 출근할 때야 일어나니 대화할 시간도 없고…. 낮에 뭘 하는지 난 몰라요. 원래 좀 예민한 편이라서 뭔 소리가 들린다니 그런가 보다 했는데… 너무 심하다 싶으면 신고하세요. 고민할 게 뭐 있어요?"

나를 위한 말인지, 비아냥인지 알 수가 없었다. 조급증이 일었다. 엘리베이터가 일 층에 가까워지고 있었다. 나는 서둘러 말을 덧붙였다.

"병원 치료를 받으시는 게 좋아요. 아니면 조용한 데로 이사를 가시든가. 증세가 심한 편이에요. 제가 그런 사람을 좀 알거든요. 관심을 갖고 잘 지켜보셔야 해요. 그러지 않으면…."

여자가 눈썹을 바싹 치뜨고 쏘아보았다. 치뜬 눈썹이 꿈틀거렸다. 그래도 마지막 말을 해주고 싶었다. 웬 오지랖인가 싶었다. 그런데 여자가 먼저 쏘아붙였다.

"듣자 하니까, 남의 집안일에 웬 간섭이야? 댁이나 잘하세요!"

땡, 엘리베이터 문이 열리자 여자가 찬바람을 일으키며 나가버렸다. 돌연 남자의 꺼칠하고 야윈 얼굴이 떠올랐다. 아무도 없는 집에서 혼자, 여기저기서 들려오는 소리에 귀를 틀어막은 채 숨을 곳을 찾고 있는 남자가 눈에 잡힐 듯 그려졌다. 오죽하면 이웃 여자에게, 살고 싶어 이런다고, 제발 더는 이 괴로움 속에 살지 않게 해달라고 하소연을 다 했을까.

남자가 종일 머릿속을 떠나지 않았다. 오빠도 자꾸 생각났다. 피로하기 그지없는 하루였다.

한동안 남자는 잠잠했다. 여자가 내 말을 전한 것인지, 남자의 마음에 뜻밖의 평화가 찾아온 것인지 알 수 없었다. 그 사이에 비번이 세 번 지나갔지만 집은 더 이상 안식처가 되지 못했다. 나도 모르게 발소리에 신경이 쓰이고, 택배기사가 벨이라도 울리면 신경이 곤두섰다. 그 사실이 짜증스러워 어떤 날은 일부러 더욱 크게 발소리를 내보고, 문도 소리 나게 여닫았다. 그렇게나마 나를 옥죄는 긴장감을 떨쳐내고 싶었지만 마음 한구석에서는 남자가 뛰어올까 봐 늘 조마조마했다.

다행히 남자는 오지 않았다. 그렇게나마 고요해지니 살 것 같았다. 유진이 생각났다. 언제나 웃는 낯으로 나를 대했지만 때로는 얼마나 마음을 죄었을지 알 것 같았다. 이사 온 지 벌써 일 년이 가까워지고 있었다. 아이들도 많이 자랐을 것이다. 그 애들도 엄마의 간섭 속에 알게 모르게 스트레스를 많이 받았을 것이다. 이제라도 그렇게 떠나서 미안하다고 말하고 싶었다. 하지만 생각뿐 시간이 속절없이 흘러갔다.

남자가 벨을 누른 것은 어마어마한 태풍이 당도한다고 매스컴에서 연방 호들갑을 떨기 시작한 날이었다. 얼마나 큰 태풍이 오려는지 저녁을 먹고 난 뒤부터 바람 소리가 심상찮았다. 일찌감치 창문에 테이프를 빈틈없이 붙여놓고 밖을 내다보니 나무들이 바람에 마구 휘청거리고 있었다. 무서운 밤이 될 것 같았다. 어차피 불안한 밤, 맥주를 마시며 미니시리즈나 몰아볼 생각으로 소파에 자리를 잡았다.

벨이 울린 것은 첫 회가 끝날 무렵이었다. 모니터에 남자의 얼굴이 비친 순간, 피가 싸늘하게 식는 느낌이었다. 나는 숨을 죽인 채 잠자코 있었다. 벨이 연이어 울렸다. 문을 열까 말까 갈등이 생겼다. 열어주면 한참 동안 실랑이가 이어질 것이고, 문을 열어주지 않으면 남자는 문이 열릴 때까지 벨을 눌러댈 것이다. 둘 다 피하고 싶었지만 그럴 수가 없었다.

남자가 더욱 집요하게 벨을 눌러댔다. 할 수 없이 문을 열었다. 전과 달리 남자가 두어 걸음 물러섰다. 전보다 수척해진 모습이었다. 남자는 말없이 불안한 눈동자를 굴리며 내 어깨 너머 안쪽을 들여다보았다. 그 눈길이 어째 따뜻한 곳을 찾는 고양이의 눈길 같았다. 나는 계궂은 표정으로 남자를 막아섰다. 모자를 벗어버린 남자의 머리가 새치와 뒤섞여 은발의 노인처럼 보였다. 손에는 여전히 푸른색 표지의 파일이 들려 있었다. 가슴이 두근거렸다. 남자는 그것을 또 내 앞에 흔들어 보이며 여기 증거가 다 있다고 소리칠 것이다. 그러면 이제 우리의 문제는 법정으로 가든가, 내가 이 집을 떠나든가 둘 중 하나일 수밖에 없었다. 두 가지 다 마뜩잖았지만 때로는 양자택일밖에 방법이 없을 수도 있었다.

나는 그동안 남자에게 가졌던 아주 미약한 연민을 걷어내 버리고 먼저 말문을 열었다.

"또 무슨 소리가 들렸어요? 저 가만히, 꼼짝도 않고 앉아서 TV만 보고 있었어요. 그걸 갖고 또 뭐라 하시게요?"

목소리가 낮았던지 바람 소리가 내 말을 반쯤 삼켜버렸다. 남자는 미간을 좁힌 채 서 있기만 할 뿐 대꾸가 없었다. 긴장감이 저릿하게 전신으로 퍼져나갔다. 바람은 무서울 정도로 사납게 창을 흔들어댔다. 저기…, 다시 말을 건네려는 순간, 남자가 느닷없이 울음을 터뜨렸다. 한꺼번에 봇물이 터진 것 같은 소리였다.

남자는 입을 가리고 울음소리를 가누려 했지만 소리가
점점 더 커졌다. 아악-. 나는 속으로 비명을 삼켰다. 나이
를 먹을 만큼 먹은 남자가 어쩌자고 남의 집 앞에서 울음
을 터뜨린단 말인가. 나더러 어쩌라고! 그때나 지금이나
나는 위로하는 방법을 알지 못했다. 더구나 이웃집 남자
라니. 당황스럽기 그지없었다.

　바람이 창을 두들기는 소리가 점점 거세졌다. 바람 소
리가 남자의 울음소리를 자꾸 토막 냈다. 모른 척 문을 닫
아버리고 싶었다. 하지만 들썩거리는 남자의 어깨가 제발
날 모른 척 말아달라고 하소연하는 것 같았다.

　나는 남자가 울음을 그칠 때까지 기다리기로 했다. 바
람을 맞은 창이 연신 쿨럭거렸다. 나는 현관문 손잡이를
놓지 못한 채 남자의 들썩이는 어깨를 우두커니 지켜보았
다. 바람이 점점 더 거세졌다.

아무 곳에도 없는

1.

　동네의 초입은 이 년 전 그대로였다. 올망졸망 늘어선 가게들이 나름 멋을 낸 간판을 달고 내리쬐는 햇볕 아래 오수에 잠긴 듯 엎드려 있었다. 그녀가 어릴 적에는 주로 반찬이나 과일, 야채 가게, 양품점과 잡화점들이었는데 언제부턴가 카페와 호프집으로 바뀌고, 베이커리와 분식집도 들어서 있었다. 그중 어느 곳도 자주 이용하진 않았지만 그 풍경은 꽤 오랫동안 그녀에게 익숙한 것이었다.

　골목을 따라 내려가다가 왼쪽에는 붉은 벽돌로 지어진 고풍스러운 외양의 성당도 있었다. 성당은 그녀가 이사 오기 훨씬 전부터 그 자리에 있었다. 성당이 보이자 그녀는 어쩐지 안심이 되었다. 이 년 사이에 뭐가 그리 변했으랴 하지만 한적하던 바닷가에 아찔하리만큼 높은 빌딩이 올라가고, 오래된 주택단지가 재개발을 하느라 흉물스럽게 방치된 풍경들을 보면서 괜스레 조마조마했던 것이다.

그녀는 성당 앞에서 잠깐 걸음을 멈추었다. 어린 날, 오로지 새하얀 미사포를 쓰고 싶어서, 미사포를 쓰면 꼭 그만큼 순결해질 것 같아서 성당을 드나들었던 기억이 나서였다. 성당 앞을 지나다가 용서를 빌었던 적도 많았다. 그무렵 마음은 하루에도 몇 번씩 죄를 지었다. 그때마다 자신을 용서해달라고 꽤 간절한 마음으로 빌곤 했다.

그 기억들을 떠올릴 때만 해도 성당과 불과 50미터 거리에 있던 집이 사라졌을 거라고는 생각하지 않았다. 가게와 성당이 그 자리에 있듯 옛집도 당연히 그 자리에 있으리라 믿었다. 아니, 있어야만 했다. 그런데 설레는 마음으로 뛰다시피 집 앞에 이르렀을 때, 그녀는 자신도 모르게 아, 낮게 비명을 질렀다. 집이, 사라지고, 없었다! 집이 있던 자리에는 이물스럽기 짝이 없는 5층 원룸이 염치 없는 손님처럼 턱하니 버티고 있었다.

처음에는 혹시 골목을 잘못 들었나 했다. 기억은 가끔씩 오류를 일으키곤 하니까. 그녀는 서둘러 아래 골목으로도 가보고 옆 골목으로도 가보았다. 그러나 그녀의 집은 어디에도 없었다. 그 골목에는 더 이상 '누구네' 집이 없었다. 담장을 사이에 두고 정답게 서 있던, 골목의 주택들이 거의 사라지고 없었다. 그 자리에는 성급하게 지어진 5층짜리 원룸들이 제각기 다른 이름을 달고 무표정하게 서 있을 뿐이었다. 그 사이사이에 오래된 주택이 몇 채 남아 있었지만 잘못 설치된 표석처럼 안쓰럽기만 했다. 바로 옆집, 중학교를 함께 다녔던 영아네 집도 마찬가지였다. 영아네 집은 서울로 이사를 가면서 주인이 여러 번 바뀌었지만 그녀가 떠나기 전에는 장미꽃이 만발한 담장을 그대로 갖고 있었다. 그 집이 이젠 하늘마루 A동, 그녀의 집은 B동이었다.

그녀는 뙤약볕 아래 서서 뜨거워지는 눈두덩을 손으로 지그시 눌렀다. 원룸을 짓기 위해 마구 무너지고 파헤쳐졌을 옛집을 생각하니 가슴속에 사금파리가 굴러다니는 것 같았다. 더는 그곳에 있을 필요가 없었다. 그런데도 발길이 좀처럼 떨어지지 않았다. 이제 그만 가자 하면서도 자꾸 멈칫거렸다. 옛집을 찾아온 것이 더없이 후회스러웠다. 지난 일은 지난 대로 흘려보내야 했던 것이다.

이 년 만의 귀국이었다. 귀국을 결심하자 옛집이 꽃향기와 함께 떠올랐다. 봄이면 마당에 그윽하게 풍기던 인동초 향기였다. 꽃은 울타리에 넘치도록 피어나 봄이 다 가도록 농염한 향기를 풍겼다. 한 번 시작된 옛집에 대한

아무 곳에도 없는   111

그리움은 너울처럼 가슴을 넘나들었다.

공항에 내리자 향기는 더욱 짙어졌다. 그동안 옛집에 대한 생각은 가능하면 하지 않았다. 이미 남의 것이 된 집이었다. 생각하면 가슴 아파서 잊고 싶었다. 그런데도 옛집은 간간이 꿈에 나타났다. 어떨 때는 아버지와 어머니가 옛집의 뜰에 나란히 앉아 있다가 가뭇 사라지기도 했다. 꿈속의 집은 황폐하고 뜰도 휑하니 비어 있었다. 그런 날엔 못 견디게 가슴이 시려서 따뜻한 물을 연신 들이켜야만 했다.

옛집을 생각하면 제일 먼저 소나무가 떠올랐다. 아버지가 고향나무라 부르며 아끼던 것이었다. 말년의 아버지는 그 아래 앉아 자주 꾸벅꾸벅 졸았다. 옛집의 뜨락에는 꽃도 많았다. 여름이 되면 샛노란 달맞이꽃이 담장 아래 무리 지어서 피어 눈이 부셨다. 연보라 꽃이 안개처럼 피어나던 산수국도 여러 그루가 있었다. 접시꽃, 백일홍, 달리아, 맨드라미도 앞다퉈 피어났다. 그녀는 모과나무를 좋아했다. 어머니가 이사 기념으로 사다 심은 것이었다. 모과나무는 매끄러운 표피에 연둣빛을 띠고 긴 세월 동안 늠름하게 잘 자랐다. 봄이면 곧고 단단한 가지마다 분홍색으로 피어나던 꽃들이 자디잔 불꽃 같았다.

한 번 떠오른 생각은 끝이 없었다. 그녀는 생각에 몸을 맡긴 채 횡단보도를 건넜다. 그녀와 함께 마지막 비행기에서 내린 사람들이 빠른 걸음으로 지나쳐갔다. 그녀처럼 마중하는 사람 없이 택시를 타러 가는 사람들도 꽤 있었다. 그녀는 자신을 지나쳐가는 사람들을 스쳐보며 혹시하고 다시 한번 사방을 두리번거렸다. 아무도 마중을 나오지 않은 게 분명했다. 그녀는 입술을 지그시 깨물었다.

당연히 나와 있을 줄 알았는데 훈은 오지 않았다. 연도보이지 않았다. 당황스러웠다. 그동안 좀 소원했다고, 이년 만의 귀국인데 아무도 마중 나오지 않을 거라고는 생각지 않았던 것이다. 훈에게 전화를 걸었지만 연결이 되지 않았다. 그제야 '그날 좀 바쁜데 가능하면 나가겠다'고했던 말이 생각났다. '가능하면'이었다. 설마 했는데 뜻밖이었다. 연에게 전화를 걸었다. 연은 미안해하면서도 대뜸 그녀를 탓했다.

언니도 참! 나한테 전화를 했어야지! 난 당연히 훈이 나가는 줄 알았잖아. 지금 내가 나가기엔 너무 늦었어. 훈이 주소 알지? 그 앞에 가서 다시 전화해 봐. 나한테 부탁안 한 거 보면, 좀 늦긴 해도 집엔 들어갈 거야. 그럼 잘쉬고 내일 봐아.

연은 뭐가 그리 바쁜지 그녀가 끊기도 전에 전화를 끊어버렸다. 저희 집으로 오라고 말해주기를 바랐지만 연은 그러지 않았다. 부모님이 계셨다면 몇십 년을 못 본 듯이 달려왔을 텐데. 그녀는 허우룩한 기분으로 혼잣말을 중얼거리며 걸음을 떼놓았다.

수년 전이었다. 그때도 민주에게 가 있다가 돌아온 길이었다. 이혼 후 혼자 떠난 딸 걱정에 밤잠을 설치던 어머니는 그 며칠 전 발을 다쳐 깁스를 하고도 아버지와 함께 마중을 나왔다. 양 겨드랑이에 목발을 낀 채 목을 빼고 그녀를 기다리던 모습이 어제 일인 듯 또렷이 생각났다. 그때는 당연하게 생각했던 일들이 더는 당연한 게 아무것도 없는지도 몰랐다. 민주는 그녀를 보내며 마치 이런 일을 예견이나 한 듯 말했다.

이번에 가면 부모님 빈자리가 얼마나 큰지 알게 될 거야. 여기 사람들, 고국에 가도 부모님 안 계시면 있을 데가 없다고들 하더라구. 아무리 형제가 많아도 부모님 안 계시면 말짱 헛거래.

그 말 때문인지 택시에 오르자 옛집을 향한 그리움이 더욱 간절해졌다. 그러나 바퀴 소리가 요란한 트렁크를 끌고 이젠 다른 사람이 사는 집 앞을 서성이기엔 너무 늦은 시간이었다. 그녀는 기사에게 결국 훈의 집 주소를 말해주었다. 너무나 낯선 동네였다.

행선지를 들은 기사가 인사치레처럼 말했다.

좋은 데 사시네요.

그녀는 대답 없이 창밖을 내다보았다. 기사가 머쓱했던지 어깨를 으쓱해 보이곤 액셀을 힘껏 밟았다.

훈이 옛집을 팔고 바닷가 동네로 이사했다고 전해준 사람은 연이었다. 그 소식을 전하면서 연은 유난히 목청을 높였다. 그녀가 한국을 떠난 지 오 개월 만이었다. 그녀는 잠자코 듣기만 했다.

언니 떠나고 몇 달 안 돼서 이사를 하더라고. 유산 좀 받았다고 허파에 바람이 든 거지. 서두르라 집값도 제대로 못 받았을 거야. 뭣보다 아버지가 그렇게나 아끼던 집을, 언니도 없는데 팔아버리면 어떡하냐고! 아무리 지 몫이라고 해도 너무하잖아? 언니 올 때까지는 기다리자고 했는데도 소용없었어.

순간, 그녀는 뒤통수를 베인 기분이었다. 부모님의 죽음과 함께 옛집마저 사라졌다는 사실이 그렇게 마음 아플 줄 미처 몰라서 더욱 그랬을 것이다. 때로는 멍에였지만, 대부분은 위안이었던 그곳의 문을 다시는 열고 들어갈 수 없다는 사실에 그녀는 왈칵 눈물이 솟구쳤다. 당장 돌아갈 집이 없다는 사실보다 그것이 더 가슴 아팠다. 하지만 그녀는, 삶은 각자의 방식대로 사는 거지 누가 간섭할 일은 아니라고 담담하게 말했다. 집을 두고 자식들이 다투는 건 아버지가 가장 원치 않을 일이었다. 더구나 이미 벌어진 일이 아닌가. 그런 심정으로 한 말이었는데 연은 언니가 그렇게 물러 터져서 이 꼴이 난 거라고 앙칼지게 내뱉고 전화를 끊어버렸다. 그 후, 그녀는 꽤 오랫동안 허방을 딛고 있는 듯한 기분으로 지냈다.

훈은 어땠을까? 끝내 괜찮았을까? 그녀는 가끔씩 궁금했다. 그렇다고 그런 미묘한 감정에 대한 얘기를 먼 곳에서 전화로 할 수는 없었다. 이제 와서 물어볼 수 있을 것 같지도 않았다. 어떤 감정이든 지나고 나면 몇 알의 소금 알갱이 같은 흔적뿐인 것을. 그럼에도 그녀는 여전히 그것이 궁금했다.

그 후, 동생들과의 연락은 뜸했다. 가끔씩 톡으로나 안부를 물었을 뿐이다. 부모님이 가장 바란 것이 돈독한 형제애였고 살아계실 때는 그런 것도 같았지만, 두 분이 떠나고 나자 풀을 잘못 먹인 여름옷처럼 버성기는 느낌이었다. 집 문제를 두고는 특히 그랬다.

집에 대해 말하자면 그녀는 할 말이 많았다. 부모님이 투병하는 오 년 동안 집을 돌본 것은 그녀였다. 때가 되면 나무에 거름을 주고, 전지를 하고, 계절마다 다른 꽃들을 사다 심었다. 그때마다 아버지는 니가 이 집을 지키겠다며 흐뭇한 웃음을 흘리곤 했다. 그 때문에 내심 집은 그녀의 몫이라고 생각했는지도 모른다. 그런데 아버지는 마지막 순간, 훈을 지목했다. 그녀와 연에게는 양해를 구했다. 그녀는 몹시 서운했지만 입 밖에 내지 않았다. 아버지의 집이었고, 아버지의 뜻이었으므로. 다만 그럴 거라면 왜 집에 관한 얘기를 그토록 자주 그녀에게 했는지 알수가 없었다.

그것이 간병에 지쳐가는 딸의 마음을 붙잡는 길이라고 생각했을까? 그게 아니라면 내가 눈에 띄게 쇠약해가는 두 목숨 줄을 언제든 놓아버릴지도 모른다는 불안감이 있었던가? 그녀는 지금도 그것이 궁금했지만 이젠 영영 알수 없는 일이었다.

무엇보다 훈이 옛집에 그토록 애정이 없었다는 것은 뜻밖이었다. 그곳은 훈이 나고 자란 집이었다. 혹시 내가 떠나면서 언제 돌아올지 모르겠다고 말한 것이 화근이었을까? 그녀는 정말 알 수가 없었다.

이 집 관리할 사람은 누나밖에 없어. 빨리 와. 안 그러
면 팔아치워 버릴지도 몰라.

훈이 공항에서 웃지도 않고 그렇게 말했을 때, 그녀는
빨리 돌아오라는 뜻의 애정 어린 말일 거라고 생각했다.
그러나 훈은 한 마디 의논도 없이 집을 팔아버렸고, 연보
다 한참 늦게 소식을 전하면서도 그 얘기는 일절 하지 않
았다. 그녀가 두고 떠난 짐에 대해서만 말했다.

누나 책과 옷들은 잘 싸서 따로 보관해뒀으니까 돌아
오면 전할게.

그녀가 듣고 싶은 말은 그런 것이 아니었다. 그 마당의
아름드리 소나무와 모과나무는 어떻게 했는지, 어머니가
더없이 좋아했던 백목련은 그 마당에 그냥 두는 것인지,
집을 산 사람들이 아버지와 어머니가 그토록 아끼던 뜰을
잘 가꿀만한 사람들인지… 그런 것들이 궁금했다. 그녀는
기다렸지만 훈은 끝내 아무 설명도 하지 않았다. 그녀도
차마 물어볼 수가 없었다. 그곳에서 있었던 지난 오 년간
의 일들이 아우성치듯 한꺼번에 떠올라 자책감과 죄의식
을 부추긴 때문이었다. 지난 기억 속에는 그녀의 불온한
마음이 켜를 이루고 있었다. 성당 앞을 지날 때마다 했던
기도. 두 사람의 고통을, 헛되고야 말 그녀의 수고를, 하

루빨리 끝나게 해 달라고 간구했던 마음, 마음들. 그 마음을 돌아보다가 전화를 끊을 때쯤에는 혼과 피붙이라는 사실이 더없이 낯설게 느껴졌다.

그녀는 차창을 열고 밖을 내다보았다. 매캐한 공기에 뒤섞인 바람이 서늘하게 뺨을 스쳤다. 고가도로 위에서 바라보는 도시는 화려한 불빛 속에 낮의 애환을 모두 감추고 처연하게 빛나고 있었다. 비록 되풀이될 고통일지라도 잠시나마 잊을 수 있다면 얼마나 좋을까. 잠깐의 휴식조차 허용되지 않는 통증으로 시달렸던 부모님의 말년을 생각하면 전신에 거스러미가 이는 것 같았다. 어머니는 이따금씩 바닥에 들러붙는 것 같은 목소리로 하소연을 했다.

전생에 무슨 죄를 지었기에 이렇게나 아프다가 죽어야 한단 말이고. 차라리 누가 좀 죽이주모 좋겠다. 아파서 못 살겠어. 우째 몰핀도 안 듣는 통증이 있단 말이고오. 선아, 차라리 날 좀 죽이도.

그럴 때마다 그녀는 허겁지겁 어머니의 팔을 더듬어 주삿바늘을 찔렀다. 그러면 기운이 다 빠진 어머니는 흐느끼듯 가느다란 한숨을 내쉬다가 겨우 잠이 들었다. 어머니는 자주 까무러쳤고, 그때마다 앰뷸런스가 달려왔다. 어떤 날엔 아버지를 싣고 달려야 했다. 아버지는 통증을 견디느라 어금니를 악문 채 온몸을 떨었다. 신호를 무시하고 달려가면서 그녀는 제발 이 고통이 이젠 좀 끝나게 해달라고 빌고 또 빌었다.

그래서였을 것이다. 부모님이 돌아가시자 그녀는 혼자 집에 있을 수가 없었다. 수많은 기억들이 집의 마룻장에, 천장의 대들보에, 거실을 굽어보는 샹들리에에 촘촘하게 아로새겨져 걸핏하면 수런수런 걸어 나왔다. 때론 더없이 부드럽게, 때론 눈에 핏발이 선 채로 그녀를 따라다니며 말을 걸었다. 얘야, 고맙다. 얘야, 너무 아파. 얘야, 목숨이 와 이래 질기노? 얘야, 얘야…. 집은 그곳에 깃들었던 사람들의 생이 오롯이 새겨진 기억의 사원이었다. 그곳에 깃든 많은 이야기들은 때로는 멍에고, 때로는 환희였다. 그녀는 어느 아침에 마주친 아버지의 모습을 또렷이 기억하고 있었다. 그것은 아버지가 무척이나 아꼈던 고향나무의 기억과 맞닿아 있었다.

고향나무는 아버지가 어린 시절을 보낸 고향 뒷산에 있던 소나무였다. 아버지의 어린 시절, 함께 어렸던 나무는 아버지가 고향을 떠난 후에도 홀로 잘 자랐다. 아버지는 고향에 갈 때마다 그 나무 아래 앉아 고단한 삶을 이겨낼 힘을 얻었다. 아버지는 그 나무를, 생애 첫 집을 지은 이듬해에 고향의 뒷산에서 집 마당으로 옮겨 심었다. 마을에 제법 많은 뭉칫돈을 기부하고 난 후였다.

그날, 마당에 부려진 소나무는 잔뿌리까지 흙으로 단단하게 감싸인 채 허리를 못 펴는 노인처럼 옆으로 누워 있었다. 사람들은 그 나무를 참 잘 생겼다고 했다. 그리고는 막걸리를 많이도 갖다 부었다. 다음 날도, 그다음 날도 막걸리를 하얗게 받아 마신 소나무는 마침내 싱싱해졌다.

어느 이른 아침, 마당에 나가 그것을 확인한 아버지는 거친 나무의 잔등을 쓰다듬으며 눈시울을 붉혔다. 무언가에 취한 듯 감개무량한 표정이었다. 그녀는 화장실에 다녀오다가 생전 처음 보는 아버지의 모습에 당황했다. 마치 봐서는 안 될 은밀한 장면을 본 것 같았다. 그녀는 슬그머니 걸음을 늦추며 막 향기를 터뜨리기 시작한 인동초 꽃들에 눈길을 주었다. 그때, 아버지가 기척을 느끼고 돌아보았다. 아버지는 어느 때보다 다정한 눈길로 그녀를 불렀다. 그리고는 평소와 다르게 많은 말들을 했다.

선아, 고향나무가 드디어 살아났다. 차를 타고 먼 길을 시달리며 온 뒤라서 혹시 잘못될까 봐 얼마나 애를 태웠

아무 곳에도 없는　　121

는지 모른다. 아버지는 어릴 때 너무 가난해서 학교도 제대로 못 댕기고, 이 집, 저 집 머슴처럼 잔심부름을 다님서 컸다. 그라다가 한 번씩 뒷산에 올라가 이 나무 아래 앉아 쉬는 기 낙이었다. 어느 날인가 내 신세가 하도 섧어서 울고 있는데, 이 나무가 내한테 말을 걸더라. 니 와 우노? 머시마가 우는 거 아이다. 어찌나 또록하던지 놀라서 고개를 들어보이 아무도 없고, 야가 내를 구부정하게 내려다보고 안 있겠나. 그때 난 들었다. 힘내라꼬 격려하는 소리를…. 그 후에도 종종, 야가 나를 그렇게, 달래주고는 했다. 그래서 내, 어느 날 속으로 맹세를 안 했더나. 고맙다, 나무야. 언젠가 내, 잘살게 되모, 근사한 집 지어서 니 데리러 올 끼라꼬. 고맙게도 내 인생에 정말로 그런 날이 안 왔나. 그래서 이래 모시다 놨는데 죽어삣으모 내 맘이 어땠겠노. 이거 함 봐라. 잎에 기운이 돌아온 거. 이 정도 됐으모 인자 걱정 없다, 걱정 없어.

새벽 마당에 풀어지는 아버지의 목소리는 크고, 힘이 돌아온 소나무만큼이나 맑고 푸르렀다. 그녀는 잠이 다 달아난 눈으로 아버지의 눈길을 따라 나무를 올려다보았다. 나무는 허리를 숙인 채 기지개를 켜는 것 같았다. 그 모습이 어른들의 말처럼 잘생겨 보였다.

그 후, 고향나무 앞을 지날 때면 그날의 아버지가 떠오르곤 했다. 그런 기억을 다 안고 부모님이 떠난 집에 홀로 남아있는 것은, 기억의 사원에 혼자 남아 날마다 향을 피우는 일이나 다름없었다. 그녀는 도저히 견딜 수가 없었다. 민주가 생각났다.

대학 때 단짝이었던 민주는 가족과 이민을 떠난 후, 호주의 서쪽 퍼스(Perth)에서 앙증맞은 규모의 한식당을 운영하고 있었다. 십 년간의 열애 끝에 한 결혼이 기어이 파국에 이르렀을 때, 그녀는 민주에게 가서 오 개월을 머문 후 씩씩하게 돌아왔다.

민주는 그녀의 울먹이는 하소연을 그때처럼 토닥이며 들어주었다.

아무리 최선을 다해도 아쉽지 않은 일은 없어. 아픈 부모님을 오 년이나 모시다 보면 잘할 때도 있고, 못할 때도 있지. 그러니까 사람인 거고…. 너무 그렇게 자책하지 마. 네가 나빠서 그런 거 아니니까. 집에서 멀어지면 생각도 그만큼 가벼워질 거야. 여기 와서 좀 쉬었다 가. 나도 좀 도와주고…. 여긴 자연이 좋잖아? 사람을 진정으로 위로해줄 수 있는 건 자연뿐이야.

민주의 말은 틀리지 않았다. 자연은 영원히 좋은 벗이

었다. 그곳에서는 밤이 되면 사방이 완벽한 어둠에 휩싸여 별빛도 불빛 같았다. 태양은 지평선에서 떠서 지평선으로 졌다. 대지는 광활하고 햇살은 뜨거웠다.

그녀는 지평선이 아득한 들판에 나가 지칠 때까지 걸었다. 발바닥에 물집이 잡히고 무릎이 시큰거리기 시작하면 그 자리에 앉아 땅속으로 장엄하게 숨지는 태양의 붉은 뒷모습을 보았다. 민주가 함께할 때도 있었지만 대개는 혼자였다.

시간은 깊은 강물처럼 느리고 고요하게 흘러갔다. 그 시간들이 켜켜이 쌓인 감정의 찌꺼기를 서서히 녹여 주었다. 그 속에서 그녀는 바위처럼 자신을 짓누르던 죄의식과 자책감이 잘게 부서져 나가는 것을 느꼈다. 고통은 실체가 없고 고통이라는 생각이 있을 뿐이라는 불경의 가르침도 그곳에서는 이해가 되었다.

훈이 의논할 게 있다며, 아버지 기일에 맞춰 돌아와 달라고 연락해 온 것이 그즈음이었다.

2.

그녀는 옛집 골목을 빠져나와 훈의 집으로 향했다. 부모님의 두 번째 기일이었고, 집에서 지내는 마지막 제사였다. 훈이 기어이 그녀를 불러들인 것은 부모님과 그녀에 대한 마지막 예의인 셈이었다.

제주(祭主)는 나니까 누나들은 그냥 따라와 주면 좋겠어.

부모님의 제사를 절에 모시겠다며 훈이 한 말은 의논이 아니라 통고였다. 그녀는 부쩍 치미는 섭섭함도, 이건 의논이 아니라 통고잖아? 라고 입안에 맴돌던 말도 삼켜버렸다. 연이 그녀를 흘깃 돌아보았지만 모른 척했다. 옛집의 역사가, 아버지의 소망이, 완벽하게 무너지고 있다는 무기력함에 결박당한 것 같았다.

옛집은 부모님 생의 나이테가 오롯이 새겨진 곳이었다. 그래선지 아버지는 그 집을 떠날 생각을 단 한 번도 하지 않았다. 아파트 붐이 한창일 때도 어머니는 이사를 가고 싶어 했지만 아버지는 고개를 저었다. 그 사이에서 그녀와 동생들은 수초처럼 흔들리며, 어머니의 언성이 높아질 때마다 혹시나 이사를 갈 수 있을까 하는 기대감으로 어머니를 응원했다. 걸핏하면 머리를 맞대고 앉아 아파트에 사는 친구 집에 다녀온 얘기들을 하면서….

그때는 아파트에 있는 것이라면 모든 게 다 부러웠다. 가장 부러운 것은 화장실이었다. 그들은 변소라 부르던 그곳을, 아파트 아이들은 화장실이라 불렀다. 그곳에선 지린내도 나지 않았다. 어떤 집에선 향긋한 비누 냄새까지 났다. 그런 화장실이 두 개나 있는 집도 있었다. 그들은 그것이 신기해서 친구 집에 가기만 하면 하릴없이 화장실을 드나들곤 했다.

어느 날, 훈은 12층 아파트의 화장실마다 사람들이 엉덩이를 허옇게 드러내놓고 앉아 있는 모습을 그려놓고 '어느 아침'이란 제목을 붙여 그녀와 연이 배꼽을 잡게 만든 적도 있었다.

그렇다고 옛집이 마냥 불편했던 것은 아니었다. 사업으로 살림을 일군 아버지는 당시 부촌으로 불리던 동네에 수세식 화장실(수세식이었지만 변소라는 이유로 밖에 있었다)과 목욕탕을 갖추고, 부엌도 입식으로 된 이층집을 지어 의기양양하게 이사했다.

아버지는 그 집에 대해 지나친 긍지를 갖고 있었다. 직접 설계하고 비싼 자재를 들여 지었다는 게 이유였다. 아파트 가격이 치솟고 주택의 인기가 빠르게 사라져갈 때도 그 생각은 변하지 않았다.

조금만 더 있어 봐라. 따개비처럼 다닥다닥 붙어사는 콘크리트 덩어리가 뭐 좋다고. 얼마 안 있어 사람 살 데 아니라고 다들 빠져나오지 못해 안달일 거다.

그러나 아버지의 예측은 어긋났다. 아파트는 점점 더 높이 올라가고 많이 지어졌다. 친하게 지내던 이웃 중에도 이사를 가는 사람들이 차츰 늘었다. 틈만 보이면 어머니는 아버지를 졸라댔다. 의좋기로 소문났던 두 사람은 그 문제로 다투기도 많이 했지만 아버지는 거대한 바위처럼 꿈쩍도 하지 않았다.

옛집은 아버지에게는 최초이자 최후의 집이었다. 청춘의 꿈과 도전과 결실이 응축된 보금자리였다. 그곳에서 살림을 더욱 크게 일구고, 아이들을 다 길러 결혼을 시키고, 사회적인 입지를 탄탄하게 굳힘으로써 자기 확신이 강해진 아버지는 설사 아방궁이라 하더라도 부러워하지 않을 만큼 옛집에 대한 애정이 깊었다. 그래서 어머니와 삼 남매의 바람은 이루어질 수가 없었다.

어머니는 그때 아버지의 고집을 꺾지 못한 것을 두고두고 후회했다. 무릎관절염에 시달릴 때도, 무릎 수술을 하고 난 후에도 집 안에 있는 모든 계단이 어머니에게는 장

애물이었다. 그 때문에 아버지는 어머니가 시키는 심부름을 다 하면서도 이사를 가자는 가족의 말은 끝까지 못들은 척했다.

결국 두 사람은 사십 년 넘어 살았던 집에서 죽음을 맞이했다. 어머니는 췌장암이었고, 아버지는 폐암이었다. 두 사람 다 양가에 가족력이 있었다. 그 때문에 평생 지나치다 싶게 신경을 쓰고 살았는데 끝내 가족력의 비운을 벗어나지 못한 셈이었다.

아버지는 막연하게나마 자신의 운명을 예감하고 있었던지 어느 초가을 저녁, 가족을 다 불러 모았다. 바람이 선선했고, 뜨락에는 벌개미취와 국화가 흐드러지게 피어 있었다. 저녁상은 고향나무 아래 차려졌다. 아버지는 식구들에게 술잔을 서너 배 돌린 후 나무를 향해 마지막 잔을 높이 쳐들고 감개 어린 목소리로 말했다.

저 나무 봐라. 저렇게 울퉁불퉁 휘어 갖고도 잘 버티고 있는 모습이 산전수전 다 겪고도 이렇게 건재한 아버지 같지 않나? 요새는 수목장이 유행이라더라. 내 목숨은 짧아도 저 나무는 오래오래 살 끼다. 나는 저 멋진 녀석 아래 묻히고 싶다. 이 집이 지금은 아파트보다 못해 보이도 언젠가는, 반드시, 제 값어치를 할 날이 올 끼다. 그러니까 아버지가 없더라도 마음을 모아서 이 집을 잘 지키도록 해라. 난, 너거가 그래줄 걸로 믿는다.

그녀는 아버지가 훈에게 하고 싶은 말을 에둘러 하는 것으로 생각했다. 연도 흘금 훈을 돌아보았다. 훈은 그걸 알았는지 몰랐는지 술잔에만 눈길을 떨어뜨리고 있었다. 대답을 기다리던 아버지는 훈을 쳐다보며, 한 번 더, 알았제? 라고 물었다. 훈의 얼굴에 아버지의 소망을 가소로워하는 기색이 설핏 지나갔다.

나무도 죽어요, 아버지. 세상에 영원한 건 없으니까요. 그리고요, 앞으로 아무리 쓸 만한 주택도 아파트에 다 밀려요. 요새 사람들은 불편한 건 뭐든지 안 좋아하거든요. 저도 아파트에 살고 싶은 걸요. 이 집이 아버지께는 최고인지 모르지만… 대세는 그게 아니라고요.

어머니가 미간을 찌푸리며 테이블 아래서 훈의 다리를 쳤다. 그녀는 아슬아슬한 기분으로 아버지를 쳐다보았다. 매사 너그러운 편인 아버지가 어째선지 훈에게는 자주 못마땅한 얼굴을 했다. 훈도 마냥 나긋나긋하지는 않았다.

아버지는 훈을 자신과 비교하는 버릇이 있었다. 아버지에게 훈은 늘 '약해빠진 놈'이었다. 그때마다 어머니는 훈의 편을 들었다. 시대가 달라요! 시대가. 그러면 아버지는 마뜩잖은 눈길로 어머니와 훈을 쏘아보다가 고개를 돌려버리곤 했다.

다행히 그날, 아버지는 기분 좋게 들이켠 술에 얼근해진 뒤라 훈의 낯빛을 읽지 못했다. 술잔을 탁 소리 나게 내려놓으며, 그럴 일은 절대 없어! 라고 소리쳤을 뿐이었다.

그건 아버지의 방식이었다. 자신이 바라지 않는 일에 대해선 오히려 긍정적인 것. 그것이 아버지를 살게 한 힘이었지만 훈은 그것을 믿지 않았다.

아버지는 다시 한번 다짐을 두었다. 내 뼛가루 한 주먹만 저 소나무 아래 묻으모 된다. 알겠제? 이번엔 그녀를 향해서였다. 그녀는 잠자코 웃기만 했다. 수목장을 한다고들 하지만 자기 뜰의 나무 아래 묻히는 사람이 있다는 얘기는 들어본 적이 없었다.

그곳에는 어릴 적에 키우다가 죽은 고양이 '미로'와 개 '시로'의 무덤이 있었다. 약한 생명의 죽음을 애도한 십자가는 꽤 오랫동안 세워져 있었지만 어느덧 흔적조차 희미해졌다. 그곳에 아버지가 육신의 재를 묻겠다니 뜻밖이었다. 그녀는 아버지의 유골을 개와 고양이가 묻힌 뜰에 함께 묻는 것이 내키지 않았다.

두 분이 삼 개월 차이로 암 판정을 받은 것은 그 몇 년 후였다. 양가의 가족력 때문에 그 일은 몹시 잔인하게 여겨졌다. 아버지는 자신보다 어머니의 발병에 더욱 허탈해했다.

한 집에 둘씩이나 한꺼번에 암 환자가 생기다이. 평생 나한테 호의적이던 운명이 마지막 순간, 내 등에 칼을 꽂는구나. 질투를 하는 기다. 나도 호락호락 질 수는 없다. 병원에는 안 갈 끼다. 내 집 놔두고 병원 문을 들락거리다가 약에 쩔어 죽고 싶지는 않으니까. 암은 걸으모 살고, 안 걸으모 죽는다캤다. 나는 부지런히 걸어서 기어이 살고 말 끼다. 여보, 우리 그렇게, 꼭 한번 이겨내 봅시다.

어머니를 돌아보는 아버지의 결의는 강철 같았다. 평생 무던한 성격으로 아버지의 사랑을 받았던 어머니는 꼭 그만큼 덤덤한 얼굴로 고개를 끄덕였다. 하지만 어머니의 눈동자에는 이미 두려움이 스며 있었다.

그녀는 명예퇴직을 신청했다. 해마다 엇비슷한 말들로 수업 시간을 메워 나가는 일이 지겹던 참이었다. 실패한 결혼으로 부모님께 안긴 상처를 상쇄하고 싶기도 했다. 그때만 해도 그것이 가능할 거라고 생각했다. 일 년이니까, 길어야 이 년 정도일 테니까. 하지만 의사는 두 환자의 남은 생명을 제대로 예측하지 못했다. 두 사람은 예상보다 사 년을 더 살았다. 어쩌면 두 사람의 삶에 대한 의지가 강해서였는지도 모른다. 남의 나라 백성 노릇도 하고, 전쟁도 겪고, 전쟁의 폐허에서 끈질기게 살아남은 근성으로 자신의 목숨까지 이어나갔는지도.

일 년이란 한정된 시간에 몸과 마음을 다 쏟았던 그녀는 시간이 흐르면서 마른 우물에서 물을 길어 올리는 것 같은 심정이 되었다. 환자에게 매인 시간은 더없이 소모적이었다. 날마다 얼마간의 피를 뽑아내는 듯 피로가 쌓였다. 오가는 길에 들르곤 했던 연과 훈도 차츰 발길이 뜸해졌다.

어느 날, 삼 남매는 모처럼 모여 앉았다. 그즈음엔 연도, 훈도 어쩌다 와서는 별말 없이 우두커니 앉아 있다 가는 날이 많았다. 연이 소파에 몸을 묻은 채 서로에게 의지해 기우뚱거리며 마당을 돌고 있는 부모님을 보고 있다가 한숨을 쉬며 말했다.

암세포가 노인들에게선 활동을 잘 못 한다는 말이 맞는가 봐. 겨우 일 년이나 사실까 했는데 벌써 오 년이 돼가잖아. 그런 걸 그동안 너무 기운을 뺐어. 이젠 저런 모습을 보는 것도 인내가 필요해지네. 내가 이런데 언닌 어떻겠어? 이젠 두 분을 호스피스 병동으로 모셔야 하는 거 아닐까? 아니면 입주 도우미를 구하든가….

그녀는 말없이 구내염이 심해진 입안을 혀로 쓸면서 생각했다. 그런 생각을 한 적도 있지만 지금은 아니다. 그러려면 진작 했어야 했다. 이젠 정말 얼마 남지 않았다. 두 분은 나날이 쇠잔해지고 있다. 머잖아 물 마른 식물처럼 조용히 생을 마칠 것이다.

그런 생각을 하며 그녀가 가만있자 창가에 붙어 서 있던 훈이 그녀를 돌아보았다.

고맙게도 큰누나가 워낙 극진하게 잘 모셔서 말야. 누나 아니면 안 될걸? 며칠 전부터는 잠도 잘 주무신다던데?

그녀는 훈을 쳐다보았다. 훈이 입술을 뾰죽 내밀고 있었다. 그건 훈이 무언가 못마땅할 때 하는 버릇이었다. 그녀는 알 수 없이 불쾌한 기분에 사로잡혔다.

훈이 너, 무슨 뜻이야? 어째 말투가 거슬린다?

그녀의 목소리가 가느다랗게 떨렸다. 훈이 뜨악한 눈길로 그녀를 쳐다보았다. 그 눈길에 확신 없는 의혹, 가벼운 불신이 어른거렸다. 아니, 그렇다고 그녀는 생각했다.

훈이 두 손을 펴 보이며 어깨를 으쓱했다. 연이 피식 웃으며 곁다리를 들었다.

언니도 참, 예민하긴…. 별말도 아닌데 왜 그래? 너무 지쳐서 그런 거야. 그러니까 호스피스….

그녀는 고개를 돌려 연을 쏘아보았다. 그러면서 왜 이렇게 신경이 곤두서는지 의아했다. 마치 머릿속 어딘가에서 불꽃이 팟팟, 튀고 있는 것 같았다. 그 불씨를 끄고 싶은데 잘되지 않았다.

넌, 그런 얘기를 그렇게 실실 웃으면서 하니? 날 위하는 척하면서 뒤돌아 앉아 대체 무슨 생각들을 하는 거야? 훈이 너, 그게 무슨 뜻이냐는데 왜 말 안 해?

훈이 난처한 웃음을 머금은 채 마침 현관문을 열고 들어서는 어머니를 맞으러 나갔다. 그때, 그녀는 참아야 된다고 생각하면서도 소리를 지르고 말았다.

무슨 뜻이냐고! 사람이 묻는데 왜 딴청이야? 사람 말이 말 같잖아?

그녀로선 좀처럼 없던 일이었다. 언니! 연이 당황해서 그녀의 옷깃을 잡아당겼다. 훈이 마루 끝에서 어머니를 부축하다 말고 그녀를 돌아보았다.

하 참, 누나는. 내가 뭘 어쨌다고 그래? 누나한테 고맙다고. 그런데 왜 그렇게 흥분해? 그러니까 뭐, 진짜 나쁜 맘이라도 먹고 있는 거 같잖아? 정말 그런 거야?

훈은 정말 알 수 없다는 표정이었다. 그 얼굴이 믿어지지 않았다. 그녀는 가슴을 지그시 눌렀다. 훈은 왜 저런 말을 하는 걸까. 저 애는 무슨 생각을 하는 건가. 그녀는 단지 그런 생각을 했다. 의문이 진흙처럼 머릿속에 들러붙어 다른 생각을 할 수가 없었다.

힘겹게 마루에 올라선 어머니는 다 알겠다는 눈빛으로 삼 남매의 얼굴을 차례차례 훑어보더니 조심스레 소파에 엉덩이를 내려놓았다. 땀에 젖은 새하얀 머리카락이 들러붙은 관자놀이가 안쓰러울 정도로 파닥거렸다. 뒤따라 현관으로 들어선 아버지가 손으로 무릎을 짚고 힘겹게 마루에 오르며 말했다.

어릴 때는 안 싸우더니 나이 들어감서 싸우나?

우리가 너무 오래 살아서 안 그렇소. 이놈의 목숨이 너무 질겨서 아이들을 싸우게 다 만들고….

어머니의 목소리에 물기가 스몄다. 엄마는 왜 또 그런 말을…. 그녀는 맥없이 웅얼거리며 어머니를 쳐다보았다.

그동안 큰 아가 너무 애를 썼다. 환자 돌보는 기 어디 쉬운 일이가? 그것도 둘씩이나. 나도 인자 지겹다. 이렇게 오래 끌 끼라고는 생각도 안 했다. 인자는 참말로 누가 좀 죽이주모 좋겠다.

소파에 간신히 몸을 부린 아버지가 숨을 가쁘게 몰아쉬며 안쓰러운 눈길로 그녀를 바라보았다. 흐린 안광 속에 무언가 갈망하는 듯 반짝 빛나는 것이 스쳤다. 그녀는 아버지의 눈길을 피해 고개를 숙였다. 연이, 아버진 왜 또 그런 말씀을 하시느냐고 책망했지만 이내 입을 다물었다. 견고한 그물 같은 침묵이 촘촘하게 그들을 내리덮었다. 그 속에서 초점 없는 눈길로 멍하니 밖을 바라보고 있는 두 노인은 망가진 거푸집처럼 애처로웠다. 훈이 일어서더니 누구에게랄 것도 없이 바빠서 먼저 가겠다는 말을 하고는 나가버렸다. 아버지가 멀어지는 훈의 잔등을 향해 헛기침을 요란하게 쏟아냈다.

3.

다 왔는데요.

기사의 안내에 그녀는 회상을 멈추고 밖을 내다보았다. 여전히 낯선 곳이었다. 이전에도 지나친 적은 있었다. 오며 가며 저렇게 높은 곳에는 대체 어떤 사람들이 사나 생각했던 동네였다. 아무리 많이 지나쳐도 직접 가보지 않으면 모든 장소는 그저 스쳐 가는 곳일 뿐이었다. 그곳에 훈이 살고 있다. 옛집을 팔아서….

나도 초고층 아파트에 한번 살아보고 싶었어. 언제든지 파도 소리를 들을 수 있는 곳이라면 더 좋겠다 싶었지. 그런 집에 살면 가슴도 쫙 펴지고, 걸음도 당당해질 것 같거든. 너무 높아서 어지럽다고? 그런 건 다 선입견이야. 우리 어릴 때는 12층 꼭대기에 사는 친구 집에 갔다가도 어지럽다고 호들갑을 떨었잖아? 그런데 지금은 12층에 살면서 어지럽다는 사람은 아무도 없어. 다 적응하기 나름이야. 어쨌든 난, 이 집이 좋아.

그녀는 훈이 지난밤에 소파에 몸을 깊이 묻은 채 했던 말들을 떠올렸다. 훈은 그 공간에 잘 어울렸다. 예전과 달랐다. 그 이유를, 그녀는 알 수가 없었다.

기사가 재촉하는 눈길로 그녀를 돌아보았다. 그녀는 놀라서 차에서 내렸다. 오후의 잔양 속에 빌딩들의 그림자가 한층 길어져 있었다.

그녀는 지난밤에도 꼭 이 자리에서 내려, 이렇게 걸었다.

늦은 밤 흐릿한 불빛 속에서 택시가 달아나듯 떠나고 나자, 그녀는 커다란 트렁크와 함께 낯선 어둠의 동네로 내동댕이쳐진 기분이었다. 주위를 휘둘러보자 꼭대기가 아득한 빌딩들이 그녀를 찍어 누를 것처럼 내려다보고 있었다. 다행히 집들의 높은 창에는 불빛들이 반짝이고 있었다. 보석 같은 불빛이었다. 불빛은 먼바다의 등대처럼 그녀를 위로했지만 걸음은 무거웠다.

그녀는 모래주머니를 찬 듯 무거운 걸음으로 길 건너에서 반짝이고 있는 〈깊고 푸른〉이란 이름의 카페를 향해 걸었다. 건물들 사이에서 골바람이 불어왔다. 바람은 서늘한 습기를 머금고 불어와 그녀의 머리카락을 들쑤셨다. 어둠 속 어디선가 파도 소리가 철썩거렸다. 누군가의 따귀를 힘껏 때리는 소리 같았다. 마치 훈을 향한 자신의 마음 같아서 그녀는 씁쓸하게 웃었다.

한밤의 카페는 비어 있었다. 그녀가 들어서자 졸고 있던 앳된 얼굴의 아가씨가 성가신 눈길로 물었다.

40분 후에 클로징인데 괜찮으세요?

그녀는 고개를 끄덕였다. 훈이 언제 올지 몰라 난처했지만 일단 어딘가에 앉아서 이 난감한 상황을 해결할 방법을 찾아야만 했다. 그녀는 카모마일 차를 주문한 후 다시 훈에게 전화를 걸었다. 훈은 한참 벨 소리가 건너간 후에야 전화를 받았다. 주변은 소음의 도가니였다. 훈의 목소리가 가까웠다 멀어졌다 했다.

아, 누나! 왔어? 미안해서 어떡하지? 종일 너무 정신 없이 지내느라 작은누나한테 말한다는 걸 깜박해버렸어. 아, 지금 우리 동네 왔다고? 그럼, 근처 카페서 쪼끔만 기다려줘. '깊고 푸른', 아, 거기 있다고? 알았어! 가는 길이니까 곧 도착할 거야. 미안~.

훈은 자신의 말만 하고 전화를 끊었다. 마음속에 차곡차곡 쌓인 돌무지 위로 돌덩이가 또 하나 쌓였다. 언젠가 그것이 한꺼번에 무너질까 봐 문득 두려워졌다.

그녀는 창가에 앉아 가로등 불빛 속에서 무성한 잎을 드리우고 있는 키 큰 나무들을 보았다. 도시가 사라지지 않는 한 나무들은 그녀보다 오래 살 것이다. 그래서 아버지는 마지막 깃들 곳으로 고향나무를 원했을 것이다.

말년의 아버지는 고향나무 아래 의자를 내놓고 우두커니 앉아 있을 때가 많았다. 그러다가 생각났다는 듯 겨우 몸을 일으켜 걸을 때면 아버지의 검버섯 핀 얼굴은 운명에 질 수 없다는 듯 결기로 단단해져 있었다. 그러나 걸음은 부실했다. 다리는 늘 후들거렸고 자주 넘어졌다.

오랫동안 떠났다가 함께 살게 된 부모님과의 시간은 생각 외로 힘들었다. 때로는 한여름 녹아버린 콜타르에 발이 들러붙은 것 같았고, 때로는 거세게 흘러가는 물살에 함께 떠내려가는 기분이었다.

두 사람에게 그녀는 여전히 아이였다. 아버지는 운명에 지지 않겠다는 오기 때문에 더욱 그녀를 못 미더워했다. 약 시간을 잘 맞춰라. 밥 양이 많다. 이 간식은 암에 안 좋다. 모르핀의 양을 줄여라. 너무 적다. 너무 많다…. 그 시간들은 어린 날부터 이십육 년을 함께한 시간보다 훨씬 길고 암울했다. 그럴 때마다 그녀는 마당에 나가 숨을 깊이 쉬었다.

결국 두 사람은 사십 년 넘게 살았던 집에서 죽음을 맞았다. 나란히 손을 잡고 마치 깊은 잠에 빠진 듯이…. 고통이 완전히 사라진 얼굴이었다. 그녀는 울지 않았다. 비로소 무거운 짐을 내려놓은 듯 어깨가 가벼워져서 죄의식을 느낄 정도였다.

아버지는 끝내 소망을 이루지 못했다. 유골 한 줌은커녕 한 꼬집도 옛집 마당에 묻지 못했다. 어머니는 애당초 원치 않았던 일이고, 두 분을 따로 묻을 수 없다는 것이 이유였다. 그러나 가장 큰 이유는 누구도 끝까지 그 집을 지킬 수 없으리란 예감 때문이었다. 결국 두 사람의 안식처는 납골당의 한 귀퉁이가 되었다.

훈은 다행히 카페의 문이 닫히기 전에 왔다. 누나! 훈은 아이 때처럼 커다랗게 그녀를 부르며 들어섰다. 올케가 뒤따라 들어섰다. 왠지 잔뜩 불안한 기색이었다.

훈은 팔을 활짝 벌린 채 비틀거리며, 일어서는 그녀를 와락 껴안았다. 시큼털털한 술내가 체취와 뒤섞여 역겨웠지만 그녀는 훈의 팔을 풀지 않았다. 쿵쿵 뛰는 심장 소리가 말소리와 뒤섞여 이상하게 편안했다.

누나, 우리 못 본 지가 이 년이다, 이 년. 나, 누나 없는 동안 사고 마이 쳤다. 집도 팔아 뿔고, 이사도 하고…. 누나는 어떤지 몰라도 난, 그 집을 두고는 편치가 않았거든. 자꾸 아버지가 생각나서…. 엔간히 날 못마땅해했어야 말이지. 난, 지금도 가끔씩, 중2 때 화장실에서 똥 누면서 담배 피우다 들켜서… 바지도 제대로 못 추스르고 끌려 나와 개처럼 두들겨 맞던 일을 꿈으로 꾼다. 그때, 아버지는 매질을 피하려고 소나무 뒤로 숨는 나를 기어이 끌어내면서 외쳤어. 야, 이 새끼야! 나뭇가지 다친다! … 흐흐흐, 그래서 내가 막 대들었지. 아버진 내가 흘리는 피는 안 보이고 나무 다치는 거만 보이냐고. 그랬더니 아버지가 그러더라. 너보다 이 나무가 훨씬 가치 있는 놈이라고. 클클. 그때, 그놈의 나무를 확 베 버리고 싶더라. … 나는 그 집이 싫었어. 아니, 아버지가 아끼는 건 다 싫었지. 그래서 나, 그 집 팔 때 아무런 미련도, 아쉬움도 없었어. 누나한텐 많이 미안했는데 너무 미안하니까 말도 안 나오더라. 나, 우리 집 팔고, 아버지 집 팔아 보탠 돈으로 이 아파트로 이사했어. 근사하잖아? 아버지가 옛집이 꿈이었듯이, 내겐 이런 집이 꿈이었거든. 흐흐, 근데 아버진 왜 그 집을 내게 남겨가지구… 막상 집을 없애고 나니까… 자꾸 아버지가 생각나. 왜 사는 건, 이리도 헷갈리는 거야? 응? 누나.

훈은 오직 그 말을 하기 위해 달려온 사람처럼 한꺼번에 쏟아놓고는 그녀의 머리에 얼굴을 묻고 흐느끼기 시작했다. 훈의 눈물이 그녀의 정수리에 축축하게 스며들었다. 올케가 당황해서 이이가 너무 취해 그런다며 훈을 떼놓으려 했지만 훈은 더욱 힘껏 그녀를 끌어안았다.

그녀는 이제야 아버지가 집을 훈에게 남긴 이유를 알 것 같았다. 그녀는 눈앞이 흐려진 채 훈의 등을 토닥이며 지난 시간을 돌이켰다.

나도 많이 후회했어. 그날, 우리가 다투지만 않았다면…. 몇 년이나 참은 걸 조금만 더 참았다면…. 내가 빌고, 또 빌지 않았다면…. 두 분이 평소처럼 수면제를 털어 넣으실 때… 설마 하고… 그냥 있지만 않았어도….

마지막 말은 차마 입 밖에 낼 수가 없었다. 그녀는 입속으로 했던 말을 하고 또 했다.

종업원이 눈치를 보며 이제 마친다고, 나가달라고 했다. 그녀는 훈의 품에 안긴 채 밖으로 나왔다. 시원한 바람이 갯내를 머금고 가슴을 파고들었다. 그녀는 숨을 깊이 들이마셨다. 옛집이 그리웠다. 소나무 아래, 아버지가 그렇게 묻히고 싶어 했던 고향나무 아래 한 번만 누워보고 싶었다. 하지만 이젠 너무 먼 집이었다.

자지러진 벨 소리에 그녀는 상념에서 깨어났다. 그녀는 여전히 길 위에 있었다. 거리에는 하오의 햇빛이 부드럽게 내려앉고 있었다.

어디야?

훈이었다. 옛집을 한 번은 봐야겠다고 했을 때, 훈은 흘러간 것은 흘러간 대로 두라고 했다. 훈은 집이 원룸으로 바뀐다는 걸 알고 그런 말을 했을까? 궁금했다.

집 앞이야. 바로 들어갈까, 카페에 좀 앉아 있다 갈까, 생각 중이야. 제사 음식은 다 사 온댔으니 할 일도 없잖아?

훈은 답이 없었다. 그녀는 수화기를 든 채 사방을 둘러보았다. 지난밤과 달리 한낮의 거리에는 생동감이 넘쳤다. 밝은 햇살 아래서 짧은 반바지 차림에 선글라스를 끼고 유모차를 밀고 가는 젊은 엄마의 모습이 발랄해 보였다.

집은… 가봤어? 잘 있어?

이윽고 훈이 멈칫거리며 물었다. 그녀는 뾰족해진 마음을 감추지 않고 답했다.

거기, 원룸이 들어섰더라. 넌 알았니?

말을 뱉는 순간, 눈물이 솟았다.

원룸? 원룸이 생겼다고?

전화 너머에서 훈이 비명을 지르다시피 되물었다. 그녀는 말없이 전화를 끊고 매움한 눈을 들어 사방을 둘러보았다. 푸른 하늘을 이고 집들이 높다랗게 치솟아있었다. 그녀는 자신이 갈 곳이 어딘지, 도대체 알 수가 없어서 한참 동안 그 자리에 서 있었다.

이식(移植)의 시간

그가 내민 상자 안에서 나온 것은 일본 전통의상을 입은 종이인형 모빌이었다. 밤톨만 한 크기에 화려한 옷차림을 하고 가느다란 손가락에 손톱까지 표현된 앙증맞은 남녀 한 쌍의 인형은, 대나무를 깎아 만든 지지대 양쪽 끝에 매달려 서로를 향해 필사적으로 흔들렸다. 비록 장인의 빼어난 솜씨가 섬세하게 표현된 것이긴 하지만 남자가 한때나마 연인이었던 여자에게 내민 선물치고는 좀 낯간지러웠다. 그래도 이걸 고르기 위해 얼마나 발품을 팔았을까 생각하니 고맙고 감탄스러웠다.

"어쩜! 이리 작은 걸 이렇게 세밀하게 만들었을까? 일본 사람들 손재주는 정말 알아줘야 해."

나도 모르게 일본말이 튀어나왔다. 그는 대답 없이 싱그레 웃었다. 오랜만에 보는 웃음이었다. 계면쩍은 듯, 부끄러운 듯, 늘 할 말을 입 안에 머금고 있는 듯한 웃음. 그 웃음을 보자 지난 시간들이 돌연 깨어나 수런거리기 시작했다. 다 잊었는가 싶었는데 별안간 느꺼워지면서 콧잔등이 맵싸해졌다. 나는 얼른 모빌을 내려놓고 찻잔을 들었다.

차는 너무 짙게 우러나 탁한 빛을 띠고 있었다. 찻물을 부어버리고 다시 물을 부었다. 그도 들고 있던 찻잔을 내려놓더니 둘만으로도 가득 차 보이는 좁은 거실을 휘둘러보았다. 이 집에서 신세를 져도 될지 어떨지를 잠시 고민하는 눈빛이었다.

"좁지? 그래도 너 하나 재우는 건 문제 아냐. 편히 있어."

그가 무안한 듯 슬며시 웃으며 날 돌아보았다. 작게 벌린 입술 사이로 하얀 이가 살짝 내비치다 이내 숨었다. 그를 처음 보았을 때 남자의 이가 어쩜 저리도 정갈할까 싶었다. 지금도 그대로였다. 그에 비하면 나는 참 많이 변한 것 같았다.

"눈치 하나는…. 지금도 눈치가 그렇게 빨라?"

그가 찻잔을 입으로 가져가면서 물었다.

"그런 게 어딜 가겠니? 내가 사는 길인데…."

내가 자조하듯 내뱉자 그의 눈가에 언뜻 안쓰러움이 비쳤다.

"그래서 그렇게 떠나버린 거였나? … 그런데, 왜 아직 결혼 안 했어?"

"널 기다린 건 아냐."

나는 무질러 말했다. 그의 얼굴이 살짝 붉어졌다. 그도 모를 리 없었다. 결혼이란 할 수도, 안 할 수도 있는 것이란 걸. 그는 한때 우리의 관계 때문에 내가 결혼을 안 할 사람이 아니란 것도 알고 있었다.

나는 노르스름하게 잘 우러난 황차를 그의 잔에 또 부었다. 아무도 없는 공간에 둘만 마주 보고 앉아 있던 때가 언제였던가. 나는 그날을 더듬으며 어느새 흘러가버린 시간을 꼽아보았다. 15년. 돌이켜보니 참 아득한 시간이었다. 그 세월에 새삼 서글픔을 느꼈다. 그도 그랬는지 이젠 완전히 어두워져 강변도로의 불빛 말고는 아무것도 보이지 않는 창밖을 무연히 내다보았다.

그의 아버지가 집을 비운 날이었다. 나는 아무것도 모르고 그의 손에 이끌려 그의 집으로 갔다. 그날 그의 아버지와 그렇게 황망하게 맞닥뜨리지 않고 정식으로 인사하는 일이 먼저였더라도 나는 거부당했을 것이다.

그의 아버지는 그와 내가 벌거벗은 채 한창 서로에게 탐닉해 있을 때 아무런 기척도 없이 문을 열고 들어왔다. 우리는 서로를 끌어안은 채 놀라서 그의 아버지를 맞았다.

황급히 이불을 끌어다 덮었지만 내 어깨와 가슴을 다 가릴 수는 없었다. 그의 아버지는 놀라는 기색도 없이 미처 가리지 못한 내 몸을 재빠르게 훑어보았다. 유리 파편처럼 날카롭고 싸늘한 눈길이었다. 그의 아버지가 그를 쏘아보면서 차갑게 내뱉었다.

"사귀려면 한국 애를 사겨! 쟤는 아냐!"

순간, 나는 얼어붙는 것 같았다. 그의 아버지가 나가자마자 벌떡 일어섰다. 주섬주섬 옷을 주워 입는데 온몸이 마구 떨렸다. 내 출생의 비밀을 한눈에 알아본 그의 아버지가 무서웠다. 그 역시 그런 것 같았다. 그는 침대 모서리에 멍하니 걸터앉아있을 뿐 나를 붙들지 못했다.

벌써 15년이나 지난 옛 기억이 칼에 베인 듯 쓰라리게 다가왔다. 나는 고개를 저으며 짐짓 명랑하게 물었다.

"근데 무슨 일로 이렇게 갑자기 온 거야? 내게 연락은 왜 했어?"

그가 빈 찻잔을 내려놓다가 나를 쳐다보았다. 연락을 왜 했느냐는 말이 섭섭했던지 눈빛이 살짝 샐쭉해졌다. 나는 모른 척 그의 잔에 다시 차를 따랐다.

그가 한국에 오리란 전화를 해준 사람은 박 교수였다. 박 교수는 나보다 서너 살 아래인, 교토의 R 대학교 유학

동기였다. 나와는 데면데면했지만 그와는 막역한 사이로 이삼 년에 한 번씩은 만나기도 했던 모양이었다. 박 교수는 그의 간곡한 부탁이었다며 오랜만에 연락을 해왔다. 그가 한번 보고 싶어 하니 전화번호를 가르쳐줘도 되겠느냐는 것이었다. 나는 망설이지 않았다. 언젠가 한 번은 만나고 싶은 사람이었다. 잠시 후 그에게서 전화가 왔다. 나는 어제 헤어진 사람처럼 심상하게 반겼다. 마음속에선 바람 부는 호수의 잔물결 같은 파장이 끊임없이 일고 있었다.

"저 가방….."

그가 턱짓으로 현관에 둔 커다란 트렁크를 가리켰다. 가방이 왜? 나는 차를 한 모금 마시며 눈짓으로 물었다. 그는 말없이 찻잔을 내려놓고 일어나더니 밖을 내다보았다. 강 건너 강변도로에는 노란 불빛들이 줄지어 내달리고 있었다. 그는 한참 동안 그 풍경을 묵묵하게 내다보았다. 이윽고 그가 나를 돌아보았을 때는 눈빛이 한층 애잔해져 있었다.

"너한테 오래도록 미안했어. 넌, 그 말을 할 기회도 안 주고 떠나버렸지. 세월이 아무리 흘러도, 네가 어디에 있더라도, 언젠가는 만나서 그 말을 꼭 하고 싶었어. 물론 어떤 사람에게는 미안하다는 말만으론 끝나지 않을 수도 있어. 네게도 그런 심정이야. … 내가 한국에 온 건, 아버지 유언 때문이야. 아버지는 자신의 주검을 고향 바다에 뿌려달라고 하셨어. 왜 그렇게까지 집착하는 것인지 아직도 이해되진 않지만, 돌아가시고 나니까 그 부탁은 들어주고 싶었어."

그동안 그의 아버지를 까마득히 잊고 있었다. 모욕당한 내 영혼이 그에 대한 기억을 용서하지 않았다. 만약 기억하고 있었다면 나로선 불행했을 것이다. 시도 때도 없이 그에 대한 생각들이 떠올라 유령에 시달리는 듯했을 테니까. 나는 별 관심도 없으면서 물었다.

"고향이 어딘데?"

"고성에 있는 바닷가 어디라고 하셨어. 아버지가 간직했던 주소를 가져왔어."

별안간 그가 들고 온 트렁크가 미심쩍어졌다. 아니나 다를까, 그는 아버지의 유골을 가방에 넣어왔다고 했다. 등줄기로 뻗치는 섬뜩함에 나도 모르게 진저리가 났다. 찻상을 밀쳐놓고 부리나케 현관으로 나갔다. 그의 트렁크가 되똑하니 현관을 지키고 있었다. 도대체 왜! 나는 그를 돌아보며 소리쳤다. 그가 당황해서 마치 그 외에 다른 것

은 없다고 확인이라도 시키려는 듯 나를 방으로 끌고 가
이런저런 사정을 설명했다.

뼛가루기는 하지만 비행기로 오다가 혹시 엑스레이에
걸릴까 싶어 통관이 덜 까다로운 배를 탔다거나, 유골함
을 보자기에 싸서 트렁크에 넣고 가장자리를 잘게 부순
스티로폼으로 메워 움직이지 않도록 단단하게 여몄다거
나, 그런 얘기들이었다. 그렇다고 사위스러운 느낌이 가
시는 건 아니었다. 더구나 그의 아버지였다.

나는 좀처럼 그 상황을 받아들일 수가 없었다. 하지만
미안하다고 몇 번이나 머리를 조아리며, 정 못 견디겠다
면 가겠다는 말에 그만 마음이 약해지고 말았다. 밤은 이
미 깊었고, 아버지의 유언을 받들겠다고 그는 먼 길을 왔
다. 그런 사람을 찬바람 속으로 내모는 것은 차마 못 할
짓이었다. 그러니 더욱더 화가 나 그를 몰아세웠다. 적어
도 미리 양해는 구했어야 하는 거 아니냐고, 내가 왜 네
아버지 유골을 내 집에 들여야 하느냐고, 분노에 떨던 내
목소리는 결국 물기에 젖어 갈라졌다. 그가 나를 와락 끌
어안았다. 그에게서 마른 꽃향기가 났다. 오래전 그의 가
슴에 안겨 함께 피웠던 담배 냄새였다. 나는 끝끝내 그를
밀쳐냈다. 그가 막막한 얼굴로 무릎을 꿇듯 주저앉았다.

"미안해. 정말 미안해. 꼭 와야만 했어. 아버지가 돌아가시자 네가 더욱 생각났어. 너를 모욕했던 아버지의 죽음을 왠지 알리고 싶었어."

그는 애원하는 눈빛으로, 제 아버지에게 함께 가자고 할 때의 눈빛으로 말했다. 무심코 그 눈빛에 끌려가서 견뎌야 했던 모욕이 꺼져가던 불씨가 살아나듯 생생하게 떠올랐다.

그의 아버지는 멀쑥하게 키가 큰 그와 다르게 작고 다부지게 생긴 사람이었다. 그는 정원이 넓고 아름다운 집에서 아들에 대한 분노를 삭이며 살고 있었다.

그 난처한 사건 이후, 다시 만난 그의 아버지는 나를 집안에 들이지 않았다. 현관에 세워두고 나를 뼛속까지 갈가리 찢어발길 것 같은 눈길로 노려보았다. 그가 데려오라 해놓고 이런 법이 어딨느냐고 항변했지만 소용없었다.

"넌, 순수 한국 애가 아냐. 섞였어. 다른 사람은 몰라도 나는 못 속여. 출신이 어디냐? 베트남이야? 꼬라지는 반반하게 생겼구먼. 그렇다고 여기가, 너 따위가 넘볼 곳은 아냐."

그가 놀라서 나를 돌아보았다. 나의 어느 구석에 제 아버지가 눈치챌 만한 증거가 숨어 있었는지 새삼 탐색하는 눈길이었다. 그 모습이 어이없었지만 나도 몹시 놀랐다. 지금까지 단번에 내 출생의 비밀을 알아챈 사람은 아무도 없었다. 나는 운 좋게도 엄마의 섬세한 표정과 아버지의 또렷한 윤곽과 흰 피부를 닮아 있었다. 키도 보통 베트남 여자보다 컸다. 베트남에 있을 때는 그 때문에 어깨를 펴지 못했다. 한국에 오고 난 뒤에야 어깨를 펴고 걸을 수가 있었다. 그런데 그의 아버지는 나를 처음부터 알아보았다.

나는 독수리 발톱 같은 그의 눈길 앞에서 한여름 태양 아래 패대기쳐진 개구리처럼 숨도 제대로 못 쉬고 서 있었다. 나는 어리석은 그에게 이끌려, 그의 아버지 앞에 다시 한번 내 출생을 확인시키러 간 셈이었다. 조롱을 가득 담은 그 아버지의 눈길은 으스스하기 그지없었다.

"너하고는 더 할 얘기가 없다. 나는 순수한 한국인의 피가 흐르는 며느릴 원해. 네가 아는지 모르겠다만, 내 아들은 날 괴롭히기 위해 아무나 데리고 온다. 얼마나 줄을 세워두고, 앞으로 얼마나 더 데려올지 나도 모른다. 그 재주 하나는 기가 찬 놈이지. 충고하는데, 지금이라도 널 사랑한다는 말은 믿지 않는 게 좋아."

그의 아버지는 찬바람을 일으키며 돌아섰다. 나는 그 바람에 휩쓸려 휘청거렸다. 발등을 찍고 싶도록 그를 따라온 것이 후회스러웠다. 그의 가벼움에 휘둘린 내가 한심했다. 그에 대해 그의 아버지가 한 말이 다 진실이 아니란 것은 알고 있었다. 그는 다만 방황하고 있을 뿐이었다. 그 속에서 그는, 그의 아버지와 자신을 조롱하고 있었다.

오래된 영화의 한 장면처럼 떠오른 기억은 오랜 시간이 지났는데도 너무나 선명해서 가슴이 아팠다. 그때 한눈에 나를 알아보고 거침없이 모욕을 주었던 그가 이제 한 줌 재로 남았다니. 하얗게 바스라져버린 그와의 기억을 되새기는 일은 이제 부질없었다. 나는 꼭뒤가 서늘한 느낌을 추스르면서 선심 쓰듯 그에게 잘 자라는 말을 하고 거실로 나왔다. 그는 무언가 더 말하고 싶은 듯했지만 나는 모른 척했다.

내가 나오고 얼마 안 있어 전원 스위치를 내리는 소리가 들렸다. 나도 거실 한구석에 요를 펴고 누웠다. 좁은 거실이 이불 한 장으로 가득 차버리자 한결 훈훈해진 느낌이었다. 잠은 오지 않았다. 날이 밝으면 고성으로 가는 차편부터 알아봐야 할 것 같았다. 그러면서 한편으로는 차를 갖고 함께 갈까 하는 생각을 하기도 했다. 말도 잘

통하지 않는 그를 낯선 곳에 혼자 보내는 게 아무래도 마음에 걸렸다. 나는 잠시 나를 안았던 그의 온기를 떠올렸다. 굳이 그를 밀어낸 이유를 나도 알 수 없었다. 아버지의 성정을 알면서도 기어이 나를 그 앞에 끌고 가 시위하듯 했던 그 속의 아이에 대한 새삼스러운 분노일 수도 있었다. 이제 와서 다시 그 시절로 돌아간들 무엇하랴. 나는 더 이상 옛 기억에 얽매이고 싶지 않았다. 그런데도 오래전 내가 당했던 모욕들을 잊지 않고 일부러 찾아와 준 그가 고마웠다.

이런저런 생각 끝에 잠이 든 것은 강변도로에 차 달리는 소리가 한결 숙지막해진 후였다. 그런데 언제부턴가 집요하게 잠을 밀고 들어오는 낮은 흐느낌에 결국 눈을 뜨고 말았다. 그것이 그의 울음소리란 걸 안 것은 정신이 좀 든 후였다. 설마 그일까 했지만 틀림없이 그였다. 방문을 두들겨볼까 하고 일어났지만 차마 노크를 할 수가 없었다. 남자의 울음은 쉽게 터져 나오는 것이 아니라고 했다. 더구나 옛 여자의 방에 누워 혼자 흘리는 눈물이라면….

나는 혹시라도 그를 위로하러 갔다가 같이 목 놓아 울게 될까 봐 두려웠다. 내 속에도 커다란 눈물주머니가 매달려 있어 언제든 터뜨려주기만을 기다리고 있었다. 나는 어둠 속에 누워 그의 울음소리가 그치기를 기다렸다.

흐르는 세월에 많은 것이 변해 간다. 나는 더 이상 악착같이 살지 않았다. 어머니의 묘소에도 일 년에 한 번씩은 가 본다. 그리고, 지금은, 그가 내 집에서 울고 있다. 오래 전 그를 처음 만났을 때만 해도 그가 내 집에 와서 울 일이 있으리라곤 까마득히 몰랐다.

그때, 나는 교환학생으로 교토의 R 대학에 있었다. 수업을 따라가기가 벅차서 도서관에 살다시피 할 때였다. 그는 내 옆자리에 앉아 공부보다는 늘 잡다한 책들에 얼굴을 파묻고 있었다. 처음엔 무관심하다가 어느 날 무심코 돌아보니 그 앞에 펼쳐져 있는 것 중 한국에 관한 것들이 섞여 있었다. 다음 날부터 나는 일부러 그를 피해 앉았다. 혹시라도 그가 한국말을 배우기 위해 내게 접근할까봐 지레 염려스러워서였다. 타국에 와서 모국어로 말하는 건 내게 무의미한 일이었다.

그와 마주친 것은 며칠 후 식당에서였다. 그는 느닷없이 내 앞을 막아서며 왜 자리를 옮겼느냐고 물었다. 좀 의아했다. 남의 일에는 간섭을 않는 사람들이 일본인이라고 알고 있는데 그의 태도는 내 상식과 달랐다. 나는 그의 불손한 태도가 언짢아서 아무 말도 하지 않고 뿌리치고 나와버렸다. 식당 모퉁이를 돌아서면서 보니, 그가 그 자리에 그대로 서서 나를 쳐다보고 있었다. 무시하긴 했지만 어쩐지 돌아보게 되는 남자였다.

그가 작정하고 나를 찾아온 것은 그 며칠 후였다. 들큼하고 밍밍한 음식들이 입에 맞지 않아서 마지못해 젓가락질을 하고 있을 때였다. 그는 서너 가지 음식을 담은 식판을 들고 양해도 구하지 않고 내 앞에 와서 털썩 주저앉았다. 그는 말없이 먹는 데 골몰했다. 젓가락으로 낫또를 비벼 한입에 털어 넣더니 미소 장국을 후르륵 소리를 내며 단숨에 비웠다.

나는 처음으로 그의 얼굴을 자세히 보았다. 초강초강한 얼굴에 옆으로 기름한 눈이 날카롭게 보여 썩 호감 가는 인상이 아니었다. 하지만 몸에 밴 귀태가 어딘가 쓸쓸한 듯한 분위기와 어우러져 사람을 끄는 매력이 있었다. 나도 모르게 긴장이 되었다. 한편으로는 조심스럽기도 했다. 학교 안에는 외국 학생들에게 가끔 텃세를 부리는 덜떨어진 치들이 있었다. 만약 그런 부류라면 학교생활이 피곤할 수도 있었다. 그는 덴푸라를 집어 들다가 마침 눈이 마주친 내게 기다렸다는 듯 말을 건넸다.

"난, 겐고. 한국 이름은 건오. 나, 땅에도 하늘에도 닿지 못하고 허공에 걸려 있는 사람이야. 벽에 걸린 옷 같다고나 할까?"

뜬금없는 자기소개에 나는 설핏 웃었다. 그가 일본인이 아니고 한국인이라는 사실은 뜻밖이었다. 일본에 재일교포가 있다는 것은 유학을 오면서 들어 알고 있었다. 나는 웃음을 머금고 그를 가만히 지켜보았다. 나보다 서너 살은 아래로 보였다. 아무리 봐도 전형적인 일본인의 모습이었다. 키가 좀 큰 게 다르다면 다를까, 남의 시선을 의식한 듯 단정한 차림새나 거친 듯하면서도 마구 무례하지는 않은 행동이 그랬다. 그런데 보통 상식을 가진 일본인이라면 그렇게 막무가내로 접근하지 않았을 것이란 생각이 들기도 했다.

슬그머니 그에게 호기심이 생겼다. 무엇보다 그가 자신을 벽에 걸린 옷에 비유하는 이유가 궁금했다. 나도 비슷한 느낌을 가진 적이 여러 번 있었다. 어느 곳에 있어도 내 자리는 아닌 것 같은, 그래서 떠도는 것만이 내 운명인 것 같은 생각이 들어서 때로는 나를 방임하고 싶은 유혹에 휩싸이기도 했다.

"그 말이 무슨 의미지?"

내가 호기심을 보이자 그는 식판을 아예 옆으로 밀쳐버리고 내 앞으로 바싹 몸을 기울이고 빙긋 웃어 보였다. 유난히 붉은 입술 속에서 하얗고 가지런한 이가 인상적이었다.

"적당한 표현인지는 모르지만, 난, 내 신세가 꼭 그런 것만 같거든. 당신도 사람이 빠져나간 집에, 후줄근한 꼬락서니로 벽에 걸려 있는 옷을 본 적이 있겠지? 우리 집엔, 우리 아버지가 벽에 걸어두고 옷을 걸쳐놓는 횟대라는 게 있어. 그게 순 한국식 옷걸이라 하더군. 거기 옷을 걸어놓으면 가끔씩 미끄러져 저 혼자 떨어져. 언젠가 거기 있던 옷이 툭 떨어지는 걸 무심코 보았는데, 뒷골이 찡하면서 가슴에 파문이 일더군. 그 강렬한 느낌이 아직도 또렷해. 그때, 난 생각했지. 아, 내가 저런 신세구나. 벽에 걸려 있지만 언제 낙하할지 알 수 없이 불안정한 신세. 그때부터 난 스스로를 그렇게 부르기로 했어."

그는 나와 말문 트기를 못내 기다렸던 듯 싱글거리며 무슨 말인가를 끊임없이 했다. 평소와는 많이 다른 모습이었다. 나는 속수무책으로 그 앞에 앉아 있었다. 말이 익숙하지 않아 들리는 말도 있고 들리지 않는 말도 있었다. 그 사이 불안정하다고 해야 할지, 부산하다고 해야 할지 알 수 없는 느낌이 계속되었다. 그는 식탁 아래서 쉴 새 없이 다리를 떨어대고 있었다.

"넌 한국서 왔다던데? 근데, 다른 애들하고는 좀 달라. … 잘은 모르겠는데, 뭔가 그래."

그는 이야기를 하다가 말고 불쑥 그렇게 말했다. 나는 그냥 웃고 말았다. 그가 뭐라고 추측하든 아직은 말할 때가 아니었다. 언젠가 또 인연이 된다면 할 수도 있으리라 생각했다.

"우리 아버진 재일교포 2세야. 자신의 삶과 생각에 대해 의심이라곤 없는 사람이야. 할아버지 때는 고생했지만, 아버지는 돈을 모으는 능력이 있어서 꽤 부자이기도하지. 할아버지도, 아버지도 일본서 산 지가 수십 년이 됐는데 생활방식이나 의식 같은 것은 아직도 순 한국식이야. 할아버지야 돌아가셨지만, 아버지는 무슨 사명에 사로잡힌 것처럼 내게도 끊임없이 그걸 강요해. 아주 미칠것 같아. 아버지는 돈벌이에 빠져서 날 오랫동안 방치했어. 그동안 난, 나하고 싶은 대로 다 하면서 살았어. 그런데 이제 와서 날, 우리에 가두고 자꾸 바꾸려고 해. 그런다고 바뀌나? 그런데 그걸 가능하다고 생각하는 사람이 우리 아버지야. 그게 우리 사이에 아주 심각한 문제야. 우리 부자는 한 공간에 있는 두 개의 다른 세계야."

그는 내가 다 알아듣지 못한다는 걸 뒤늦게 알고 천천히, 또박또박 말을 이어 나갔다. 그렇게 그의 얘기에 귀를 기울이는 동안, 눈앞에 빈 벽 한가운데 뒷덜미를 꿴 채 후줄근하게 매달려 있는 옷이 자꾸 아른거렸다. 얼마나 고독했기에 지친 듯 벽 한가운데 걸려 있는 옷에다 자신을 비유했나 싶어서 측은해지다가, 나 또한 그와 다르지 않다는 사실에 친근감을 느꼈다.

그 후, 나는 그의 친구들을 소개받기도 하고, 그를 따라 교외로 나가 바람을 쐬기도 하고, 함께 술도 마시러 다녔다. 그는 자유롭고 때론 극단적이었다. 몇 시간씩 고속도로를 질주하면서 말 한마디 안 할 때가 있는가 하면, 잠깐도 쉬지 않고 계속 지껄이기도 했다. 그러는 사이에 나는 조금씩 그에게 빠져들어 이게 사랑인가 하는 느낌에 순간순간 사로잡혔다. 그러면서도 자칫 장학금을 놓칠지도 모른다는 불안에 끊임없이 시달렸고, 그 와중에 그의 아버지에게 가서 차마 듣고 싶지 않은 말을 듣고 온 것이다.

그때 만약 그런 일이 없었다면 중도에 학업을 포기할 정도로 그에게 흠뻑 빠져버렸을지도 모른다. 그 후 나는 백일몽에서 깨어난 듯 빠르게 제자리로 돌아왔다. 그에겐 돌아가면 언제든지 받아줄 아버지가 있지만, 내게는 불안한 울타리가 하나 있을 뿐이었다.

그는 끊임없이 내 주위를 배회했다. 나는 이를 악물고 그에게서 멀어졌다. 때로 스쳐 간 눈빛이 가슴 아파 돌아보다가도 나를 노려보던 그 아버지의 눈빛이 생각나 고개를 돌렸다. 그 사이에 그는 어디론가 사라졌다. 그의 친구가 내게 소식을 물어왔을 때야 그 사실을 알았다. 그는 어디에도 보이지 않았다. 간혹 어린 여자애와 가정을 꾸렸다고도 하고, 작은 장사를 시작했다는 소문도 있었지만 정작 그와 연락되는 사람은 아무도 없었다. 나는 아마도 그가 그 두 가지를 다 하고 있을 거란 생각을 하면서 내심 소식을 기다렸지만 귀국할 때까지 들을 수가 없었다. 그 후, 우리는 가끔 풍문으로 소식을 들었다. 그는 오래 방황했고, 나는 불안한 시간 강사 자리나마 지키고 있었다. 그리고 또 몇 년이 흘러간 것이다.

그의 울음은 낮고 질겼다. 화장실에 다녀오면서 보니 어느새 트렁크를 들여갔는지 보이지 않았다. 그걸 앞에 두고 그는 새삼 아버지와 옛 시간을 돌아보고 있는지도 알 수 없었다.

모든 흘러간 시간은 가슴에 회한을 남긴다. 하지만 나는 그로 인해 잠시나마 행복했던 때가 있었다. 봄바람 속에서 하얗게 하늘을 덮던 벚꽃 숲속으로 달려가 그와 첫 키스를 하고 정사를 나눴다. 밍밍하게 입 안을 감돌던 그의 침 맛을 아직도 나는 기억한다. 그는 내게 화려한 봄날을 선물한 사람이었다. 이제 봄날은 가버리고, 그가 내 곁에 와서 내 아픔까지 건드리며 저렇게 울고 있구나.

나는 결국 베개에 얼굴을 파묻었다. 한동안 돌아보지 않은 나의 옛 시간들이 부스스 잠을 깨고 있었다. 오래된 집의 문이 열리듯 삐걱거리는 소리를 내면서 서서히 떠오른 기억은 습기 찬 바람을 머금고 내 가슴을 마구 휘저었다.

나는 희붐한 어둠 속에 누워 그 바람 소리를 들었다. 바람 소리는 어머니의 노래하는 목소리를 닮아 있었다.

어머니는 아버지와 꼭 일 년을 살았다고 했다. 그 일 년 동안 어머니는 여자가 평생 받을 사랑을 다 받았다고 아련한 눈빛으로 말하곤 했다. 아버지는 내가 태어난 것을 알지 못하고 떠났다. 한국군들이 완전히 철군한 다음 해였다. 일 년 만에 떠나버린 사랑을 위해 온 생애를 기다린 어머니는 숨을 거두는 순간에는 반백의 머리였다. 지금 내 나이보다 어린 나이였다.

어머니는 아버지를 만날 기약도 없이 세월에 부대끼며 살았다. 그래도 한 가닥 희망을 놓지 않았다. 영원할 것 같던 전쟁도 끝이 있더라. 언젠가는 만날 수도 있을 거야. 어머니는 주문처럼 그 말을 자주 되뇌었다. 그 실낱같은 희망을 붙잡고 악착같이 살아내던 어머니를 무너뜨린 것은 뎅기열이었다. 한국으로 갈 길이 막 열리고 난 직후였다.

어머니는 마지막 숨을 몰아쉬면서 내 손에 쥐여준 증명들을 다시 한번 확인했다. 그때까지 한 번도 뺀 적이 없는 색깔 변한 은반지와 필사적으로 모은 돈과 나를 한국에 데리고 나갈 사람의 연락처와 엄마의 편지를…. 반지 안쪽에는 아버지의 이름이 새겨져 있었다. 장… 수… 택. 어머니는 그 이름을 간신히 불러보고는 희미하게, 보일 듯 말 듯 미소를 지었다. 그것이 마지막이었다.

어머니의 마지막 당부는 가슴 아팠다.

꼭 아버지 곁에서 살아라. 하인같이 살더라도 아버지 곁에 있어. 네 아버진 뭐든 열심히 하는 걸 좋아했다. 그러니 뭘 하든, 열심히, 죽도록 열심히 해라. 그러면 버림받진 않을 거야.

그 말은 내 가슴에 남아 종소리처럼 울렸다. 가엾게도 엄마는 한 남자를 그렇게 사랑하고도 내게 사랑하는 법은 가르쳐주지 않고 버림받지 않는 방법만을 가르쳐주었다. 그 후, 아버지를 만날 때까지 나는 그 말을 가슴에 새기고 또 새겼다. 열심히, 열심히, 뭐든지 열심히….

그해 내가 한국인 남자를 따라와 아버지를 찾았을 때, 아버지는 마치 죽음 저쪽에서 걸어온 타인을 만나는 것 같은 얼굴로 나를 맞았다. 아버지는 베트남에서 온 갈래 머리 여학생이 자신의 아이일 거라고는 꿈에도 생각하지 않았다.

아버지는 내가 내놓은 아버지의 이름이 새겨진 은반지 와 어머니가 죽음을 앞두고 혼신의 힘을 다해 쓴 편지를 앞에 두고 하염없이 앉아 있었다. 아버지가 읽고 펼쳐둔 어머니의 편지 자락이 창으로 들어오는 바람에 간간이 혼 들렸다. 당신의 딸, 부이티나. 잘 부탁합니다. 사랑합니 다. 쭈엔. 나는 테이블 위에 펼쳐진 어머니의 헝클어진 글 씨를 읽고 또 읽었다.

어머니는 그 편지를, 열이 좀 내린 어느 하루, 거의 종 일을 걸려서 썼다. 누웠다 일어나서 한 자 쓰고, 또 한 자 쓰던 어머니의 마음을 그때 나는 다 알 수 없었다. 아버지께 간다는 것이 내겐 너무나 먼 꿈이어서 어머니의 노력이 쓸데없는 짓 같았다. 나는 아버지 앞에 앉아서도 그 꿈이 이루어졌다는 것을 실감할 수가 없었다.

한참 후, 아버지는 날 이윽히 바라보았다. 내 얼굴에서 어머니의 흔적을 찾으려는 듯 오래 내 얼굴을 더듬었다. 입을 굳게 다물고 끝끝내 감정을 드러내고 싶어 하지 않던 아버지의 눈가에 눈물이 비쳤다.

"난, 네 엄마를 잊은 적이 없다. 아니, 잊을 수가 없었다. 흐르는 세월 따라 깊어지는 건 정이지만, 세월을 넘어 남는 것은 사랑이란다. 네 엄마 쪽엔 내가 세상에서 처음 한, 마지막 사랑이었다."

아버지의 말은 평생 그리움 속에 살다 간 어머니를 위한 장엄한 조가(弔歌)였다.

아버지는 자신의 가족 앞에서 옛사랑을 부정할 만큼 비겁하지 않았다. 나는 아버지가 고맙고 자랑스러웠다. 나는 어머니의 당부처럼 뭐든지 열심히 했다. 한국어를 습득하고 검정고시를 준비하면서부터는 누구보다 잘하기 위해 밤을 낮처럼 살았다. 그것이 어머니에겐 버림받지 않는 방법이었지만, 내겐 사랑받는 방법이란 걸 엄마는 미처 몰랐다.

　나에 대한 아버지의 애정은 지나친 구석이 있었다. 어쩌자고 아버지는 그렇게 드러내놓고 나를 사랑하셨는가. 그동안 못다 준 사랑을 다 하려는 듯 아버지는 말끝마다 나를 앞세웠다. 언니니까, 언니라서….

　그 말이 내게는 힘이 되었지만 동생이나 동생의 어머니에겐 참기 힘든 일이었다는 걸 그땐 몰랐다. 나는, 나를 추켜세우는 아버지의 말을 깃대 삼아 앞만 보고 달렸다. 혹시 거리의 소녀가 되어 떠돌까 봐 조마조마했던 나는 아버지가 쳐주는 박수에 마구 신이 났다.

　"넌, 소름 끼치도록 질기고 독한 인간이야. 난, 네가 싫어."

　어느 날, 동생은 짐승처럼 이빨을 드러내며 말했다. 그때의 나는 누구에게라도 그런 말을 들을 만큼 지독했다. 대학 입시 때는 갑자기 터진 맹장으로 수술한 다음 날인데도 기어이 시험장에 가서 시험을 치렀다. 뒤늦게 시작한 공부에 마음이 급해서 고등학교 검정고시를 통과하자마자 바로 대학입시를 준비해 처음 치르는 시험이었다. 나는 잠시도 시간을 허비할 수가 없었다. 치열한 노력 끝에 이삼 년 늦긴 했지만 대학에 무난히 입학했다. 아버지는 그 이야기를 자랑삼아 자주 떠벌였다. 어느 날, 술을 한 잔 마신 아버지는 입시를 앞둔 동생의 마음을 헤아리지 못하고 또 그 얘기를 했다.

"여자든, 남자든 뜻을 세우면 끝까지 해내는 근성이 있어야 해. 너라면 이렇게 해냈겠나? 넌, 뭐든지 언니만큼만 따라 해라. 언니 발치만 따라가도 넌 지금보다 더 잘할 수 있을 거야."

그날, 동생은 세수를 하고 방으로 들어가려는 나를 붙잡았다. 충혈된 눈빛에 어린 증오심은 동생의 마음이 어떤지를 보여주고 있었다. 미안하다는 말도 소용없었다.

"난, 이제부터 널 증오할 거야. 어디서도 행복하지 못하게…. 니가 오기 전엔, 나 이렇게 비참하지 않았어. 넌 우리 엄마랑 나를 지옥으로 빠뜨렸어."

나는 한순간에 무너져버렸다. 난생처음 비수를 들이대는 듯 살기 어린 적의를 본 나는 당황했다. 잠을 이룰 수가 없었다. 캄캄한 어둠 속에서 동생의 눈이 파랗게 불을 켜고 나를 노려보았다. 눈을 감으면 동생이 나를 잡아먹을 듯 쏘아보았다. 그동안 나는 동생의 입장 같은 건 헤아려 본 적이 없었다. 어쩌면 남의 둥지에서 깨어난 뻐꾸기 새끼처럼 동생을 둥지 밖으로 밀어내고 싶어 했는지도 모른다. 하지만 동생은 위태한 순간 나를 향해 거침없이 날카롭기 그지없는 손톱을 들이밀었다.

그 후, 동생은 어쩌다 한 번씩 보여주던 웃음마저 거둬버렸다. 동생 어머니의 냉대는 갈수록 노골적이었다. 뿌리 깊지 못한 나무는 작은 바람에도 흔들리고, 한 번 상처 입은 뿌리는 다시 자라기 어렵다. 나는 비로소 내 자리를 돌아보았다. 독불장군 같은 아버지의 위엄 때문에 겉으론 고요했지만 속으론 곳곳에 살얼음이 끼어 있었다. 어머니는 내게 사정없이 불친절했고, 아버지 모르게 궂은일들을 도맡아 시켰다. 친척들은 내 앞에선 웃어도 돌아서서는 굴러온 돌이 박힌 돌 뽑게 생겼다고 수군거렸다.

결국 일 년이나마 집을 떠나야겠다고 결심한 것은 태풍의 중심에서 일단 벗어나기 위한 방편이었다. 그때 마침, 일본으로 갈 기회를 잡지 못했다면 나의 생은 또 어떻게 흔들렸을지 알 수 없었다. 나는 이나마 뿌리를 내린 생에 감사했다.

다행히 그의 울음소리가 서서히 잦아들었다. 나는 조마조마한 영화가 한 편 끝난 것 같은 안도감을 느끼며 눈가를 적신 눈물을 닦아냈다. 이젠 강변도로에 차 소리도 거의 끊기고 바람 소리만이 방의 정적을 더욱 흔들어놓고 있었다. 나는 그가 짧은 시간이나마 숙면을 취하기를 바라며, 간혹 베란다 창을 흔드는 바람 소리를 듣고 있다가 한순간 잠속으로 빠져들었다.

그는 벌써 현관에 나가 있었다. 무덤덤한 얼굴로 유골함을 가슴에 안고 서 있는 모습이 죽음 같은 건 삶의 뒤편일 뿐이라고 조용히 항변하고 있는 것 같았다. 그의 눈가에는 지난밤에 운 흔적이 남아 있었다. 기름한 눈이 부석하게 부어 더욱 작아져 있었다. 나는 아무것도 모른 척 자동차 열쇠를 집어 들고 현관으로 나갔다.

그는 운동화를 꿰신는 나를 의아하게 쳐다보았다. 무슨 일이냐는 듯 눈을 끔벅이는 그의 얼굴이 천진해 보였다. 내가 운전해 가겠다는 말에 그는 완강하게 고개를 저었다. 워낙 강경해서 잠시 혼자 보낼까 하는 생각도 했지만, 지난밤 그가 흘린 눈물이 내 가슴에도 흘러들어 도저히 그럴 수가 없었다.

"내가 하고 싶어서 그러니까 부담스럽게 생각하지 마."

나는 단호하게 그의 등을 떠밀며 밖으로 나왔다. 엘리베이터 안에서 그는 고맙다고 말한 후 한참 동안 내게서 눈을 떼지 않았다. 사람을 깊이 응시하는 건 그의 버릇이

었다. 나는 그의 웅숭깊은 눈길에서 묘한 안도감을 느꼈
다. 넌 참 안 변했어. 그가 진심인지, 인사치렌지 모를 말
을 불쑥 내뱉었다. 나는 싱긋 웃고 말았다. 문득 우리 앞
을 흘러간 시간들이 뭉텅 베어져 나간 느낌이었다. 그 돌
연한 느낌을 낯설게 바라보면서 한결 기분이 나아졌다.

밖으로 나오자, 바람이 거세게 옷 속을 파고들었다. 며
칠째 강풍이 예고돼 있었다. 그를 혼자 보냈다면 내내 마
음이 불편했을 날씨였다. 그는 끄느름한 하늘을 염려스러
운 눈길로 올려다보았다. 눈이라도 한바탕 퍼부을 것 같
은 날씨가 못내 걱정스러운가 보았다.

"정말 괜찮겠어? 날씨도 이런데 눈이라도 오면 어떡
해?"

"여기서 고성까진 두 시간 정도야. 눈이 잘 안 오는 데
니까 염려 안 해도 돼."

그가 비로소 안심이 되는지 나를 따라 걸음을 떼놓았
다. 그는 풋풋했던 그때보다 좀 더 일본인에 가까운 모습
을 갖고 있었다. 조심스럽고, 예의 바르고, 혹시 폐가 될
까 봐 자꾸 마음을 쓰는 모습이 예전과 달랐다.

그는 주차장까지 가면서도 말이 없었다. 이따금 바람에
헝클어진 머리카락을 쓸어올릴 뿐 뭔가 골똘한 생각에 잠

겨 있었다. 나는 그가 처음으로 자신의 뿌리가 시작된 땅
을 걸어가면서 무슨 생각을 하고 있는지 궁금했다. 이젠
할아버지도, 아버지도 가버려 의미조차 가벼워진 땅이었
다. 그가 했던 그 많은 갈등들에 아무도 딴죽 걸 사람 없
이 혼자 남아서 그는 과연 자유로워진 것일까? 알 수 없
는 일이었다.

그는 조수석에 올라앉아 안전벨트를 하고, 무릎 위에 놓
인 유골 상자를 한 번 어루만져보고는 나를 쳐다보았다.

"정말 고마워. 이런 수고까지 바란 건 아니야. 널 보고
싶었던 거지."

나는 놀라서 그를 돌아보았다. 또렷한 한국말이었다.
그가 문장이 완성된 우리말을 한 것은 처음이었다. 그것
은 그에게도, 나에게도 자칫 이국의 언어가 될 뻔했던 말
이었다.

"한국말을 잘하네?"

"이제 그 정도는 많이, 잘 생각하면, 할 수 있어."

그의 말은 다시 일본말이었다.

"어릴 땐 집에선 식구들이 한국말을 썼으니까… 마음먹
었으면 잊지 않았을 거야. 근데 아버지가 너무 강요하니
까 하기 싫었지. 학교에 다니면서부터는 집에 있는 시간

이 줄어드니까 우리말 쓰는 게 조금씩 더 힘들어졌어. 갈수록 일본말이 편해지는데 집에선 실수로 튀어나와도 아버지가 호통을 쳤어. 엄마는, 어쩔 수 없는 거라고, 어차피 남의 땅에서 살 건데, 알아서 하도록 내버려 두라고 하셨지만 소용없었어. 그런 문제들로 늘 싸우다가 내가 고등학교 갈 무렵, 결국 두 분은 이혼을 하셨어. 난 아버지가 정말 싫었어. 그러다 보니까 나중엔 그나마 갖고 있던 한국에 대한 관심도 없어지고…. 반항의 세월이었지."

그가 음울한 눈길로 먼 곳을 바라보았다. 그새 하늘이 점점 내려앉더니 싸락눈이 흩날리기 시작했다.

그는 이제 예전의 그가 아니었다. 그러고 보니 다리도 떨지 않았다. 한국 속담에 다리 떨면 복 나간다는 말이 있대. 그만 좀 해. 그와 만날 때마다 했던 말이었다. 그러면 그는 존재감의 확인이라며 웃어넘겼다. 그 말이 가슴 아파서 그 후에는 눈에 거슬려도 말하지 않았다. 남의 땅에서 존재감을 느끼며 살아가는 일이 얼마나 고달픈지 나도 잘 알고 있었다. 그 두렵고 서러운 감정이 내 가슴 속에 지금도 파편처럼 살아 있었다.

"그때, 난, 끝내 네 얘기를 못 듣고 헤어졌어. 넌 한사코 얘기하기를 싫어했지. 그때 넌, 참 필사적으로 느껴졌어."

필사적. 그 말이 묘한 서글픔으로 다가왔다. 그랬다. 나는 필사적이었다. 어머니도 그렇게 살았고, 나도 그렇게 살았다. 그렇게 살지 않으면 내 작은 두 발이 디딜 데가 없는 것 같아 늘 조바심 나고 두려웠다. 나는 남편도 없이 혼자 살았던 젊은 엄마도 이랬으리라 생각하면서 악착같이 버텨냈다. 만약 엄마가 그렇게 살지 않았다면 내가 아버지 곁으로 올 수 없었으리라 생각하면 잠깐도 방심할 수 없었다. 그 시간에 대해 후회는 없었다. 필사적으로 최선을 다했기에. 약간의 회한은 있었다. 내가 원한 것은 아니지만 동생이 받은 상처는 컸다. 얼마 전, 시내에서 우연히 마주쳐 반가워서 다가가는 나에게 동생은, 누구세요? 라고 되묻고는 뒷모습조차 싸늘해져서 멀어져갔다. 그 뒷모습에 지금도 마음이 아리다.

고성은 언젠가 친구를 따라 가본 적이 있었다. 낚시를 좋아하는 작은아버지를 둔 친구였다. 고성 어딘가 바닷가에 낚싯배를 사놓고 낚시꾼들을 섬에 실어 나르는 일로 밥벌이를 하고 있었다. 동네 이름은 잊었지만 아주 한적한 바닷가에 있는 경관이 뛰어난 곳이었다. 마침 보름밤이어서 바다 쪽으로 기우스름하게 뻗친 가지에 달이 커다랗게 걸려 있던 모습은 한 폭의 그림으로 내 가슴에 남아 있었다. 그 친구와 연락을 하지 않은 지도 꽤 되었다. 이 땅에서 20여 년을 사는 동안 세월과 함께 잊힌 사람들이 꽤 있었다. 내가 떠나온 곳에 살던 사람들은 말할 것도 없고, 지금은 아버지마저 잊게 될까 두려웠다.

아버지는 내가 일본으로 떠날 때 그랬듯 돌아올 때도 반갑게 맞았다. 그러나 아버지는 나를 집으로 바로 데려가지 않고 호텔 한식관에 앉아, 이제 할 만큼 했으니 따로 살자는 말을 어렵사리 꺼냈다. 무던히도 지친 얼굴이었다. 그사이에 어떤 결정들이 오갔을지는 듣지 않아도 알 수 있었다. 적당한 시기에 알맞은 결정인 것 같았지만 내겐 충격이었다.

그 후, 나는 이 년에 한두 번 정도 아버지를 만났다. 내가 먼저 아버지를 찾은 적은 없었다. 그게 아버지가 원하는 방식이었다. 아버지는 어머니에게 사랑을 쏟아놓고 죽는 날까지 그리움 속에 살게 했듯이 나도 그러길 원하는 모양이었다. 다행히 그리움은 점점 옅어지고 있었다.

"겐고 아버진, 아름다운 곳에서 어린 시절을 보내신 것 같아."

그는 흩날리는 눈 속에서 흐릿하게 멀어져가는 바깥 풍

경에 눈길을 둔 채 고개를 끄덕였다.

"그렇게 얘기하셨던 것 같아. 오래전에 한 번 다녀가시긴 했는데, 발전은 했지만 옛 모습이 다 사라졌다고 안타까워하셨던 생각이 나. 난, 그때, 옛 생각에만 사로잡혀 있는 아버지를 도저히 이해할 수 없었어. 우리는 소통이 되지 않았지. 그 땅에서 나고 자란 나로선 너무 힘든 일이었어."

나는 아버지 나라의 말을 잊으면 안 된다는 어머니에게 잡혀 글자를 알 만한 나이가 되면서부터는 한글을 익혔다. 내 앞에 놓인 한글책 속에는 철수와 순이와 바둑이가 있었다. 어머니가 배우려고 아버지에게 받아둔 책이었다. 그렇게 익힌 글자가 얼마 되지 않는데도 한글을 공부하기 시작하자 익히는 속도가 빨랐다. 만약 어머니가 내게, 아버지 나라의 말을 익히게 하지 않았다면 자신 있게 나를 아버지 곁으로 보내지 못했을 것이다. 어머니가 나를 그토록 간절히 아버지의 나라에 돌려보내고 싶어 했던 것처럼, 그의 아버지는 그를 영원히 이 땅의 아들로 남겨두고 싶었던 걸까? 하지만 아버지 때문에 일본에서 나고 자라 결국 그 나라에 뼈를 묻어야 하는 그로선 아버지의 욕망은 감당하기 어려운 질곡이었을 것이다.

"선, 눈이 점점 많이 내린다. 괜찮겠어?"

그가 조바심이 나는지 창을 열었다 닫으며 물었다. 별안간 몰아쳐 든 바람은 깜짝 놀랄 만큼 찼다.

눈은 조금씩 더 사납게 흩날리기 시작했다. 전국적으로 눈이 예보되어 있었지만 예사롭게 생각하고 스노체인을 챙기지 않은 것이 후회스러웠다. 그렇다고 되돌리기엔 어중간한 거리였다. 나는 짐짓 쾌활하게 웃으며 그에게 농담을 던졌다.

"겐고, 우리 눈 속에 함께 갇혀보는 건 어떨까?"

그가 의외라는 듯 눈썹을 치뜨고 나를 쳐다보았다. 부기가 좀 가라앉은 눈이 동그래져 있었다. 이윽고 그가 싱그레 웃었다. 그는 내 의자 등받이에 손을 올려놓고 예전에 그랬듯 내 머리카락을 쓸어내리며 말했다.

"선이 내게 와 준다면….."

나는 왠지 그를 돌아볼 수가 없었다. 눈발은 점점 더 굵어져 탐스러워지고 있었다. 그가 조용히 속삭이듯 말했다.

"나는 아무래도 한국인으로 살아가긴 어려울 거라고 생각했어. 아버진, 내가 한국인으로 살아가길 마지막까지 바랐지만, 나로선 정말 어려운 일이었어. 아버진, 유산으

이식(移植)의 시간　　179

로 날 협박하기도 했어. 말을 듣지 않으면 한 푼도 없다고. 그 말이 그렇게 우스울 수가 없었어. 아버지도 무일푼으로 남의 나라에 와서 그 많은 걸 다 일궜는데 나라고 못할 것 같으냐고. 그래서 아버지를 화나게 하는 짓을 많이도 하고 다녔어. 선이 나를 피할 무렵부터 학교에 가지 않았잖아? 그때부터였어. 난 정처 없이 돌아다니면서 악질적인 거 말고는 다 해봤어. 생각해보면 아버지나, 나나 쓸데없는 짓을 한 거 같아. 결국 아버진 가고, 나 혼자 이렇게 남겨질 것을 말야. … 일본에서 나고 자란 내게는 한국이 아무리 노력해도 가 닿을 수 없는 하늘처럼 느껴져. … 난, 더 이상, 내가 누군지 고민하고 싶지 않았어. 그래서 아버지만 돌아가시면 귀화할 거라고 생각하고 있었어. 그런데, 막상 그럴 때가 되니까 … 잘 모르겠어."

바깥의 소음에 뒤섞여 그의 궁근 말소리가 가까워졌다 멀어졌다 했다. 그는 자신의 무릎 위에 놓인 유골함에 두 손을 올려놓고, 마치 아버지 당신이 답을 좀 해보라는 듯 톡톡, 두들겼다.

내게는 필사적으로 닿고 싶었던 아버지의 나라가 그에게는 어떤 의미가 있을지, 잘 모르겠다는 그의 마음이 어디에 머물 것인지, 나로선 알 수 없는 일이었다. 지금은 무엇보다 점점 굵어지는 눈 속을 어떻게 통과해 목적지에 무사히 이를 것인지 그것만이 중요했다. 그래선지 이 자리, 이 작은 공간에 둘이 함께 있다는 사실이 더없이 다행스럽게 생각되었다.

꽃 중에 꽃

1.

할머니는 거의 한 세기를 살았다. 마지막 숨이 멎자 짓무른 할머니의 눈초리를 타고 눈물이 한줄기 흘러내렸다.

내 죽더라도 소리 내서 울모 안 된데이. 니가 울모 내 마음이 이승에 남아서 좋은 데 못 가거덩. 나도 다음에는 좋은 세상에 태어나서 꽃처럼 한번 살아보고 싶으이까네 절대 울지 말아래이. 알긋제?

나는 할머니가 생전에 했던 당부를 떠올리며 치미는 울음을 삼켰다. 조금 전만 해도 할머니는 거울을 좀 보여 달라고 했다. 목소리가 너무 가냘파서 잘 들리지 않았다. 나는 할머니의 얼굴 가까이 귀를 들이밀고 물었다.

뭐라고 하셨어요? 할머니.

거울… 좀 … 도고. 내 … 꼴이 … 너무 … 숭해서 … 너거 할배가 … 못 알아보모 … 큰일 아이가.

할머니가 입꼬리를 살짝 끌어올리며 말했다. 금방 꺼질

불씨 같은 웃음이었다. 나는 울컥하면서도 얼른 거울을 꺼내 할머니의 얼굴을 비춰주며 짐짓 명랑하게 답했다.

할머니가 백 년쯤 더 살다 가셔도 할아버지가 할머니를 몰라보는 일은 절대 없을 거예요.

할머니는 기운 없이 눈웃음을 지었다. 그리고는 마른 삭정이 같은 두 손으로 이마에 흘러내린 머리카락을 말끔하게 쓸어 넘겼다. 이마에서 눈초리로 이어진 상처가 안쓰럽게 드러났다. 나는 고개를 돌렸다. 그 새 창가에 한 움큼 들어와 있던 햇살이 빠져나가고 없었다. 문득 어깨가 서늘해졌다.

할머니가 가까이 오라고 눈짓을 했다. 숨이 가빠지고 있었다. 나는 할머니의 두 손을 그러쥐고 바투 앉았다. 나를 바라보는 할머니의 눈길이 더없이 애틋했다.

그동안 … 참말로 … 고마벗데이. 내 … 죽어도 … 널 … 못 잊을….

할머니는 실을 뽑아내듯 간신히 말을 이었다. 마지막 말은 끝내 뱉지 못했다.

눈가에 남은 눈물 자국만 아니라면 할머니는 한 생을 잘 살다간 사람처럼 편안해 보였다. 나를 볼 때면 볼이 옴폭

패도록 환하게 웃던 모습이 생각났다. 한 번씩 쏟아놓던 넋두리도 들려오는 듯했다.

모질다캐도 내 목숨 같을까. 너거 할배 가시고 금방 따라갈 줄 알았더마는 이리 오래 살 줄 우예 알았겠노. … 전생에 지은 죄가 얼매나 많으모 죽는 것도 이래 어려버까? 저승사자가 내 명부를 잃아삔 긴지. … 목숨이란 기 참말로 무섭다, 무서버. 그래도 인자는 얼마 안 남았을 끼다. … 그라모 니가 초상을 좀 치도고. 통장에 초상 칠 돈은 있으이까네 화장해서 할배 무덤가에 뿌리만 주모 된다.

죽음에 대해 말할 때 할머니의 얼굴은 무구한 아이 같았다. 무섭지 않으냐고 물으면 할머니는 빙그레 웃으며 고개를 저었다.

벌써 죽었어야 될 목숨이 이러키나 살았는데 무섭기는 뭐가 무서버.

어지간히 무덤덤한 대답이었다. 무심결에 고개를 끄덕여 맞장구를 칠 정도였다.

할머니의 위급상황을 알려준 사람은 할머니가 이따금 이용했던, 이웃의 개인택시 기사였다.

인자 새벽에 기도 가시는 거는 무리라 캐도 기어이 가

시곤 하더마는 마 대문 앞에서 쓰러지신네요. 병원에 모시다 놨으이 얼릉 와 보소!

그는 할머니가 그리된 것이 결코 자기 탓이 아니라는 듯 악을 쓰며 말했다. 며칠 전, 할머니가 예감이나 한 듯이 만약의 경우엔 전화를 해달라며 내 전화번호를 주었다는 말도 덧붙였다. 엄마는 듣자마자 뼛성이 솟구친 소리를 바락 질렀다.

벨 일이야! 니가 할머니, 할머니 해사니까 진짜 자기 손녀나 되는 줄 아나 보네? 어디서 언감생심….

나는 엄마가 그러든가 말든가 할머니의 목숨이 얼마 남지 않은 것 같다고, 마지막은 내가 돌봐야 할 것 같다며 주섬주섬 옷가지를 챙겼다. 엄마가 내 뒷덜미라도 잡아챌 기세로 목청을 돋웠다.

야가 지금 지 정신이가! 니가 뭐 하러 그 할마시 뒤치다꺼릴 할 건데?

나는 엄마가 여전히 할머니에게 적의를 갖고 있는 것이 싫었다. 사람은 마음을 잘 써야 한다고 입버릇처럼 하면서 할머니는 늘 괄호 밖에 두는 것이 한심할 지경이었다. 나는 현관을 빠져나오며 앙칼스레 쏘아붙였다.

엄마처럼 모르는 사람한테 가서 봉사하는 것도 좋지만,

가까운 불쌍한 사람 돕는 게 훨 의미 있다고 생각해! 맨날 주님의 은총이 어쩌고 하면서 마음은 왜 그리 옹졸해요?

엄마가 뒤에서 '아이고, 저년이 미쳤나 봐. 또 내 속을 뒤집어놓네.' 하며 한탄하는 소리가 들렸다. 좀 미안했지만 후회하지는 않았다. 그렇게 말허리를 자르지 않았다면 엄마는 끝까지 하고 싶은 말을 다 했을 것이다. 독한 할마시, 나쁜 할마시, 뻔뻔스러운 할마시….

그래도 할머니의 죽음을 엄마에게 알리지 않을 수는 없었다. 엄마는 잠시 말이 없더니 한숨을 길게 내쉬고는 의외로 순순하게 답했다.

생각보다 빨리 갔네. 네 이따 가보든지 하께.

겨우 안심이 되었다. 할머니께 걱정 말라고 큰소리는 쳤지만 혼자 빈소를 지키게 될까 봐 내심 걱정이었던 것이다.

의사가 와서 할머니의 죽음을 확인했다. 간호사가 할머니의 주검 위로 새하얀 면보를 덮었다. 다시는 할머니를 만날 수 없다는 사실이 비로소 실감 났다. 할머니와 한 약속도 소용없이 눈물이 솟구쳤다. 고개를 쳐들었다. 할머니의 얼굴이 천장 한가운데 동그랗게 떠올랐다. 안 울기

로 해놓고 와 우노? 할머니의 다짐이 들리는 듯했다. 나
는 눈물을 훔치고 사무실로 향했다.

빈소에 올 사람은 아무도 없었다. 그래도 나는 할머니
가 풍성한 국화꽃 향기 속에 있기를 바랐다. 꽃처럼 한번
살아보고 싶다던 사람이 아닌가. 장의사는 부탁대로 꽃을
흐벅지게 꽂아주었다.

텅 빈 빈소에서 홀로 국화꽃 향기에 휩싸인 할머니는 주
름이 가득한 얼굴로 수줍게 웃고 있었다. 오래전에 할아
버지가 찍어준 사진이라고 했다. 사진 속에서 할머니의
생은 행복해 보였다. 할머니는 그 사진을 소중한 보물을
다루듯 조심스럽게 꺼내 보이며 말했다.

내한테 복이 딱 하나 있다모 너거 할배를 만난 기다. 암
만캐도 전생의 연이 닿은 기지. 안 그라모 우리가 우째 만
나 살 수가 있었겠노. 너거 할배캉 길거리 나가모 안 치다
보는 사람이 없었는데…. 할배 한 번 보고, 내 한 번 치다
보고… 그래도 너거 할배는 부끄러븐 줄도 모르고 어데든
지 날 델꼬 다닐라 안캤나. 안 갈라쿠모 얼매나 성질을 내
던지…. 니캉, 내캉도 그런 인연일 끼다. 그자?

할머니는 애정을 확인하고픈 젊은 연인처럼 사뭇 진지
하게 물었다. 장난기가 발동했던 나는 시큰둥한 얼굴로

'글쎄요.'라고 했다가 실망한 낯빛에 당황했던 기억도 난다.

할아버지가 돌아가신 후 할머니를 다시 만난 것은, 정 말 그런 것이 있다면, 인연 때문이었을 것이다. 그때 만나 지 않았다면 할머니는 내게 할아버지의 '작은마누라'로만 기억되었을 것이다. 함안댁으로 불렸던 내 할머니에게는 지독한 증오의 대상이었고, 엄마에게는 아버지를 뺏어간 '나쁜 년'이었던 할머니. 그런데 나는 할머니를 처음 본 순 간, 이상하게 마음이 끌렸다.

할머니는 엄마의 손에 끌려간 할아버지 댁 아래채에 있 었다. 그날, 내 할머니와 엄마는 아침부터 무언가 큰일을 치르는 사람처럼 비장한 낯빛이었다. 그 며칠 전부터 얼 굴을 맞대고 숙덕거리는 분위기가 그다지 유쾌한 일은 아 닌 듯했다.

그날, 엄마는 내 옷 중에 그나마 예쁜 것을 다 제쳐두고 낡은 옷을 골라 입혔다. 머리도 제대로 묶어주지 않았다. 골이 났지만 할머니까지 도끼눈을 하고 엄마 말을 들으라 고 호통을 치는 통에 아무런 내색도 하지 못했다.

할아버지는 굳은 얼굴로 우리를 맞았다. 내게는 늘 다 정했는데 그날은 잠깐 스쳐봤을 뿐 할머니를 대하는 눈길과 다르지 않았다.

세 사람이 둘러앉은 방 안의 분위기는 냉랭했다. 할머니는 할아버지에게 큰소리로 잘잘못을 따지고, 엄마는 흘금흘금 두 사람의 눈치를 살펴 가며 할머니 편을 들었다. 시간이 흐를수록 도저히 알 수 없는 어른들의 일이 지겨워 견딜 수가 없었다. 나는 살며시 일어나 방을 빠져나왔다.

마루로 나오자 바로 아래채가 보였다. 대문을 들어설 때부터 그곳이 궁금했다. 할머니가 그쪽을 향해 침을 탁 뱉으며 욕하는 소리를 들었던 것이다.

천하에 더러븐 년! 어데서 굴러먹던 년이 남우 남자를 꿰차고 앉아서 안주인 행사를 할라카노!

나는 의미도 모른 채 할머니의 서슬 퍼런 말투에 오금이 저렸다. 엄마는 애 앞에서 그런 말을 왜 하느냐며 혼자 구시렁거렸다. 나는 그곳에 누가 있는지 알고 싶어서 발소리를 죽여 아래채로 향했다.

아래채의 좁고 긴 마루는 반드르르하게 잘 닦여 있었다. 문살이 예쁜 방문에 햇빛이 비쳐들어 문종이 사이마다 붙인 단풍잎이 더욱 붉어 보였다. 나는 그것에 마음을 빼앗긴 채 잠깐 서 있었다. 안에서 인기척이 났다. 마치 거기 누가 있느냐고 묻는 것 같았다. 나는 잠깐 망설이다가 마루로 올라섰다. 그리고 서슴없이 문고리를 잡아당겼다.

방안에는 한 여자가 앉아 있었다. 여자는 커다란 수틀을 앞에 두고 있다가 놀란 눈치였지만 이내 웃었다. 작고 흰 얼굴에 자잘한 주름이 금 간 그릇처럼 퍼져나갔다.

할머니처럼 쪽머리를 하지 않고 긴 앞머리로 한쪽 이마를 가린 여자의 얼굴은 깊은 어둠에 휩싸인 것처럼 그늘져 보였다. 어린 마음에도 어쩐지 애달파 보이는 여자의 얼굴을 나는 물끄러미 쳐다보았다. 여자가 내 이름을 부르며 들어오라고 손짓을 했다.

연주? 니, 연주 맞제? 할아버지한테 얘기 들었다. 이리 들어오이라.

여자의 목소리는 쉿소리를 내는 할머니나 엄마와 달리 둥글고 상냥했다. 나는 여자가 내 이름을 아는 것이 내심 반가워 냉큼 방으로 들어섰다.

방안에는 색색의 수실과 수예품을 가득 담은 대바구니가 여럿 놓여 있었다. 벽 한쪽에는 아름드리 소나무를 수놓은 횃대보가 길게 늘어져 있었다. 소나무 가지에 나란히 앉은 학 두 마리가 나를 보고 있었다. 방안을 비추는 햇살 때문인지 학은 금방이라도 날갯짓을 하며 날아갈 것 같았다. 나는 호기심을 못 이기고 여자의 뒤로 돌아가 그것을 만져보았다. 매끄럽고 보들보들한 수실의 감촉이 손끝에 부드러웠다. 나는 여자를 돌아보고 웃었다. 여자가 상그레 웃으며 고개를 끄덕였다. 어떤 해찰도 다 용서될 것 같은, 너그럽고 편안한 웃음이었다. 횟대보도 들춰보았다. 말코지에 할아버지의 두루마기와 중절모가 반듯하게 걸려 있었다. 나는 그 안으로 들어가 까꿍 하듯 여자를 내다보았다. 여자가 입을 가리고 나직하게 소리 내어 웃었다.

훗날, 할머니는 그날의 나를 햇살처럼 밝고 겁 없는 강아지처럼 명랑했다고 말했다.

그날, 내가 니한테 홀딱 반해삣다아이가. 남의 방에 낼름 들어와서는 꼭 지 방 걸이 거침없이 구는 기 어째 그래 예쁘겠노. 보고 있으이 웃음이 절로 나오고, 가슴에 꽃이 피능 거 같더라카이.

할머니는 그랬는데 나는 그날, 방안을 환히 비추는 햇살 아래서도 베일처럼 그녀를 감싸고 있는 어둠을 느꼈고, 그 분위기에 매료되었다.

2.

엄마는 생각보다 빨리 왔다. 이미 할아버지와 친할머니의 장례를 치러본 적이 있지만 그것은 내게 하나의 의식에 불과했다. 그런데 할머니의 죽음은, 죽음이란 실체였다. 피를 나눠주었지만 정서적으로 아무런 영향을 끼치지 못한 죽음과 피라곤 섞이지 않았지만 죽음을 실감케 하는 죽음을 받아들이는 감정은 복잡했다. 어쩌면 할머니가 그동안 죽음에 대해 너무 많은 말을 해서인지도 알 수 없었다.

연주야, 나는 죽는 거는 하나도 안 무서븐데 염(殮)하는 거는 무섭다.

그게 왜요?

사람이 죽으모 몸띠를 칼클키 닦아야 하이까 벌거벳길 꺼 아이가. 난 그기 죽는 거보다 더 싫다. 모르는 사람들 앞에 이 몸띠를 벌거이 내놓다꼬 생각하모 죽기보다 더 싫다.

할머니는 진저리까지 치며 말했다. 처음에는 몰랐지만 그 이유를 알았을 때는 나라도 그럴 것 같아서 마음이 저릿해졌다. 할머니의 몸은 뱀이 지나다닌 것 같은 문신 자국으로 얼룩져 있었다.

몹쓸 놈들이 심심하모 내 살키가 희다꼬 벳기놓고는 화판 삼아 장난질을 안 했나.

놀란 내 눈길에 할머니는 얼굴을 붉히며 한숨을 내쉬었다. 나는 치미는 분노와 안쓰러움을 가누며, 염을 할 때는 내가 지킬 테니 염려 말라고 큰소리쳤다. 내 장담을 믿었는지 모르지만 할머니는 안심하는 눈치였고, 나 또한 각오도 단단히 했는데 엄마가 오니 한결 든든했다.

엄마는 할머니의 영정을 착잡한 얼굴로 바라보더니 향을 한 자루 꽂아놓고는 벽에 기대앉았다. 향 연기가 매캐하게 퍼져나가자 할머니의 죽음이 더욱 실감 났다. 나는 시큰해지는 콧잔등을 문질렀다. 엄마가 나를 돌아보았다.

니 기억하나? 할아버지 돌아가싯을 때, 저 할마시 울음소리 한 번 안 내던 거….

또 그 얘기였다. 지겨우리만치 질긴 기억이었다. 엄마는 할머니를 여전히 할아버지의 죽음에도 울지 않는 '독한 년'으로 기억했다. 하지만 나는 그날의 할머니를, 슬픔을 이기려 안간힘을 쓰는 의지적인 모습으로 기억하고 있었다.

할아버지의 죽음 앞에서 할머니는 입술에 밴 피를 닦아낼 만큼 울음을 견뎠다. 눈물이 볼을 타고 하염없이 흐르는데 소리가 나지 않는 울음은 중3이었던 내게 무척 이상했다. 언젠가 그 이유를 물었을 때 할머니는 정색을 하고 말했다.

이승을 하직하는 사람 앞에서 소리 내 울모 영혼이 구천을 맴도는 기거든. 너거 할배는 적강선인(謫降仙人)이어서 갈 데가 극락뿐이었지마는 내 맘이 그렇게나 간절했던 기라.

적강선인? 그게 뭔데요?

나는 처음 들어보는 말에 고개를 갸우뚱했다.

하늘에 살던 사람이 우짜다 죄를 지서 사람 사는 세상에 유배된 선인을 말하는 기다. 적강선인이 아이고서야 내 겉이 볼 것 없는 거를 그리 살뜰히 보살피 줄 사람이 세상천지에 어딨겠노. 하루에도 몇 번씩, 팥죽 끓듯 변하는 기 사람 맘인데… 은인도 그런 은인이 없제.

할머니는 내가 알아두어야 할 일이라는 듯 목소리에 힘을 실어 말했다. 나는 별생각 없이 장난스레 할머니의 말을 받았다.

치, 할머니께는 할아버지가 적강선인이었지만, 우리 할

머니한테는 아니었을 걸요.

말이 끝나기도 전에 할머니의 눈빛이 허둥거리기 시작했다. 아차, 싶었지만 할머니는 내 눈길을 피한 채 울 듯한 목소리로 말했다.

글키 말이다. 내가 참말로 큰 죄인이제. 이런 죄인이 없다.

할머니의 자책은 한동안 머릿속을 떠나지 않았다. 하지만 할머니는 죄인이 되기엔 너무 가여운 사람이었다. 그 얘기를 할까 하는데 엄마가 먼저 입을 열었다.

너거 할아버지 임종하던 날, 오라 캐서 안 갔나. 그때도 아버지는 내 한테는 눈길 한번 안 주고 저이만 보고 있더라. 딸이랑 손녀랑 왔다 카니까 잠시 돌아보긴 했는데, 그 눈길에 우린 없었어. 그 나이에도 어찌나 그기 섧던지….

나도 그날을 기억하고 있다. 헤어진 후 9년 만이었다. 그동안 할아버지와는 왕래가 거의 없었고, 할머니는 교통사고로 벌써 돌아가신 후였다.

연락을 받고 엄마와 함께 병실에 들어섰을 때, 할아버지는 곧 마지막이란 걸 알 수 있을 만큼 숨을 가쁘게 몰아쉬고 있었다. 엄마의 말마따나 할아버지의 눈길은 줄곧 할머니를 향해 있었다. 그 눈길에는 할머니를 향한 간절한 당부가 깃들어 있었다.

내 없어도, 절대 기죽지 말고 살아야 된다이. 세상은 잘 못한 거 하나 없어도 기죽어 살모 더 무시하고 깔아뭉개는 데니까, 절대 그런 꼴 보이모 안 된데이. 내 죽어도 니 저테서 지킬 거니까 고개 반듯이 들고, 하고 싶은 거, 하고 싶은 말 다 하고 살아야 된다이, 알긋나?

할머니는 숨을 몰아쉬는 할아버지 곁에 두 손을 모아 쥐고 앉아 같은 대답을 되풀이했다.

알겠습니더. 내 걱정일랑 말고 편하게 가시이소. 그동안 당신 신세… 마이 짓습니더.… 다음 생에 꼭, 다시 만나서 이 은혜… 다 갚을 낍니더. 그리되도록 … 빌고 또 빌 낍니더.

할머니의 잠긴 말소리가 자꾸 끊어졌다. 할아버지는 마침내 긴 숨을 한 번 몰아쉬고 눈길을 할머니에게 둔 채 숨을 거두었다. 마지막 순간, 가슴이 높다랗게 부풀었다가 서서히 가라앉았다. 그 움직임이 몹시 느려서 생에 아직 미련이 많이 남은 것처럼 보였다. 눈을 뜨고 있어서 더욱 그렇게 느꼈는지도 모른다. 나는 할아버지의 뜬눈이 무서워서 그때까지 장승처럼 서 있던 엄마의 뒤로 숨었다. 할머니가 할아버지의 꺼진 눈두덩을 쓸면서 말했다. 울음이

꽃 중에 꽃　　199

목에 걸려 말이 자꾸 끊어졌다.

잘 가이소. 날랑 걱정 말고… 오신 데로 잘 가이소.

그 말을 알아듣기나 한 듯 할아버지의 눈꺼풀이 파르르 떨렸다. 그때, 엄마가 할머니를 와락 밀쳐내더니 할아버지를 부여안고 울음을 터뜨렸다. 할머니는 마치 그때를 기다리기나 한 듯 눈물을 훔치며 돌아섰다. 작고 여윈 어깨가 들썩였지만 소리는 없었다.

엄마의 울음은 크고 질겼다. 뭐라고 넋두리를 해댔지만 울음소리에 섞여 알아들을 수가 없었다. 할머니가 손수건을 건네며 엄마를 가리켰다. 그때, 나는 엄지가 뭉툭하게 잘린 할머니의 손을 처음 보았다. 나는 섬뜩함을 느끼면서도 손수건을 받아 엄마에게 건넸다. 분홍패랭이꽃을 수놓은 손수건이었다. 엄마는 그것을 힘껏 바닥에 패대기친 후 돌아섰다. 눈길에 원망과 경멸이 가득 담겨 있었다. 할머니가 무릎이라도 꿇을 듯 고개를 깊이 숙였다.

내 그동안 참 몬 할 짓을 했다. 참말로 미안테이. 용서해도고.

엄마가 발을 구르며 소리를 질렀다.

더러븐 할마시! 그런 줄 알면서도 그렇게 살았어요? 그건 사람이 할 짓이 아이지요! 그래선 안 되지! 안 되는 거라꼬요!

엄마의 쉰 목소리가 파편처럼 날아가 할머니의 가슴에
마구 박히는 것 같았다. 그러자 알록달록한 수예품이 가
득했던 정겨운 방 풍경과 그 방을 둘러싸고 있던 고요한
어둠, 단풍잎이 깃든 창호 사이로 새어들던 햇살의 부드
러움과 애잔한 얼굴을 한 여자의 모습이 떠오르면서 엄마
의 악다구니가 견딜 수 없어졌다. 나는 엄마의 옷을 힘껏
잡아당겼다. 그러나 엄마는 한참 더 패악을 부리고, 한바
탕 더 질척한 통곡을 한 후에야 멈추었다. 그동안 할머니
는 망부석처럼 가만히 서서 그 소란을 고스란히 견뎠다.

내가 그렇게 패악을 부리도 가마이 있고, 장례식이 다
끝날 때까지 울음소리도 한 번 안내고… 무섭더라. 니 할
머니가 걸핏하모 저이한테 독살을 피우던 심정이 이해가
되더라. 저리 독하니까, 저 꼴을 하고도 우리 아버질 유
혹하고 엄마를 그리 무참하게 만들었구나 싶어서 증오
스럽더라. 니 할머니는 아까지 낳고 살다가 갑자기 그리
됐으이 얼마나 기가 찼겠노. … 인자 다 떠나삐고 내 나
이 이만큼 되니까, 사람이 살다 보모 그럴 수 있겠다 싶
기도 하지만 그 내막은 아직도 모르겠다. 두 사람은 정말
로 좋았능갑더라. 할아버지는 더 그랬고…. 한번은 먼발

치서 본 적이 있는데, 할아버지가 저 보잘 것 없는 여자 옆에서 어찌나 벙글거리고 있던지 챙피해서 혼자서도 얼굴이 붉어지더라.

엄마의 심정을 알 것도 같았다.

할아버지는 누가 봐도 헌칠한 미남형이었다. 어디서나 눈에 띌 정도의 풍채도 그랬지만, 넓은 이마에 우뚝 솟은 코, 다부져 뵈는 턱선과 의지적으로 생긴 입술은 믿음직스러웠다. 깊고 서늘한 눈매는 따스해서 누구나 그 앞에선 편안함을 느꼈다. 그에 비해 할머니는 잔인한 세월의 포화 속에서 가까스로 살아남은 듯한 기색이 역력했다. 이마의 긴 흉터와 뭉툭 잘린 엄지, 절름거리는 걸음걸이와 왜소한 체구는 할아버지 곁에 있음으로써 더욱 눈에 띄었다. 자신을 세상에 있게 한 아버지가 누구라도 뜨악한 눈길로 돌아보는 모습의 여자와 살고 있다는 것이 어찌 창피하지 않았을까.

니 할아버진 참 다정한 사람이었어. 우짜다 날 보러 오실 때도 빈손으로 오신 적이 없어. 꼭 눈깔사탕이나 팥이 수북이 든 앙꼬빵을 사 오시곤 했어. 그래서 지금도 아버지를 떠올리모 단 게 먹고 싶어지는지도 몰라. 모르긴 해도 할머니가 할아버지의 재산을 그러케나 욕심 안 냈으모 우리 관계가 완전히 끊어지지는 않았을 끼다. 할아버지가 완전히 돌아선 거는 할머니 등쌀에 가진 걸 다 넘가준 후였어. 그때, 할아버지는 겨우 방 한 칸이나 가졌든가 몰라. … 니 할머니는 내가 있다는 걸로 얼마나 당당하던지…. 자꾸 읽아대니까 마지막엔 할아버지도 지긋지긋해서 해 달라는 대로 다 해주곤 맘을 접으신 기지. 할머니는 사실, 할아버지가 그렇게까지 다 포기할 꺼라곤 생각을 못 했어. 계산 착오였지. 그기 억울해서 평생을 더 그렇게 앙앙거렸는지도 몰라.

지난 일을 추억하는 엄마의 얼굴은 고즈넉했다. 나는 엄마에게 할머니와 엄마가 그토록 증오했던 한 여자의 얘기를 들려주고 싶었다. 그런데 어디서부터 어떻게 시작해야 할지 알 수가 없었다. 나는 이제라도 엄마가 평생을 간직해온 그 감정에서 벗어날 수 있기를 바랐다. 물론 그것은 나의 희망 사항일 뿐이었다. 내가 부질없다고 생각하는 엄마의 감정은 엄마가 아니기에 그 질곡을 다 알 수가 없었고, 그런 만큼 내 바람대로 된다고 할 수도 없었다. 그동안 엄마는 두 사람에 관한 얘기라면 입도 벙긋 못 하게 했다. 그 사이에 세월이 마구 흘러갔고, 언젠가는 할아버지도 할머니도 잊힐 것이다. 그러면 엄마의 마음속 옹

어리도 완전히 사라지는 것일까? 나는 고개를 저었다. 모든 상처는 꼭 그만큼의 자국을 남긴다. 나는 엄마를 보며 그것을 깨달았기에 안타까운 마음으로 돌아보았다.

엄마는 벽에 기대어 눈을 감고 있었다. 턱을 쳐들어 더 처진 볼살과 눈가의 주름이 엄마의 몸을 관통한 세월의 부피를 말해주고 있었다. 나는 그 시간을 거스르는 기분으로 엄마를 불렀다.

엄마?

응?

엄마가 실눈을 뜨고 나를 쳐다보았다. 처진 눈까풀 속에서 나를 바라보는 눈길이 복잡했다.

얘기 하나 해줄까?

이 마당에 얘기는 무슨 얘기? 난 인자 갈란다. 니도 그만 가자. 여게 더 있을 거 없다. 그럴 사이도 아이고….

나는 엄마 앞으로 바싹 다가앉았다.

한 번 들어나 봐요. 뭔 얘긴지….

엄마는 별쭝스럽다는 듯이 날 흘겨보더니 부스스 허리를 펴고 앉았다.

3.

내가 할머니를 다시 만난 것은 안국역 6번 출구에서였다. 할아버지를 보낸 후 오 년만이었다. 할머니는 길 가던 남자에게 일본대사관으로 가는 길을 묻고 있었다. 막 그 앞을 지나던 내가 돌아본 것은 국수 가락처럼 매끌매끌한 서울 말씨 속에서 투박한 사발 같은 느낌으로 귓전을 스친 경상도 말 때문이었다.

돌아본 순간, 눈을 의심했다. 두 손을 지팡이에 의지한 채 구부정하게 서 있는 노인은 놀랍게도 할머니였다. 발목까지 치렁하게 내려오는 긴치마에 연회색 누비 재킷을 단정하게 차려입고 손수 만든 배낭을 멘 모습이 오 년 전보다 해쓱해 보였지만 분명 할머니였다.

그라이까네 쪼옥 바로 가다가, 횡단보도를 건너서, 또 쪽바로 가모 나온다 그말인교?

할머니는 목적지로 가는 길을 거듭 확인한 후 고맙다며 머리를 조아리고는 걸음을 떼놓았다. 나와 같은 방향이었다. 나는 할머니의 뒤를 따라 걸으며 아는 척할까 말까 계속 망설였다. 할머니 얘기만 나오면 눈에 쌍심지부터 돋는 친할머니와 엄마를 생각하면 그냥 지나쳐야만 했다. 그런데 방향이 같았고, 그동안 가끔씩 할머니가 궁금하기도 했다. 나는 결국 할머니를 불렀다.

할머니~! 할머니~!

몇 번 부른 후에야 할머니가 설마 나를 부르랴 하는 표정으로 돌아보았다. 저예요, 연주. 나는 할머니의 손을 잡고 아는 체를 했다. 할머니가 눈을 가느스름하게 뜨고 나를 자세히 들여다보았다. 드디어 나를 알아본 할머니의 얼굴에 잠시 당황한 빛이 스쳤다. 하지만 이내 내 손을 덥석 잡으며 반색했다.

아이고, 니가 연주? 연주라꼬? 참말이가? 이게 꿈이가? 생시가? 참말로 연주네!

저 인제 대학생이에요. 학교가 이 근처예요. 근처에 볼일도 있고요. 근데 할머니야말로 여기까지 어쩐 일이세요? 언제 오셨어요?

그래 말이다. 살다보이 이 넓은 서울 땅에도 볼일이 생기는구마. 오늘 아침 일찍이 기차를 안 탔나. 죽기 전에 꼭 한번 가보고 싶은 데가 있어서….

어딜 그렇게 가보고 싶으신 거예요?

나는 할머니의 가느다란 팔을 잡고 길옆으로 비켜서면서 물었다. 길을 물은 것으로 짐작이 되긴 했지만 설마 그곳일까 싶었다. 그런데 할머니의 대답은 뜻밖이었다.

내가 전에부터 수요집회라는 데를 한번 와보고 싶어서 벼루다가 인자사 용기를 내봤다. 나서보이 벨것도 아이구만 그동안 얼매나 맘을 썼다 풀었다 했는지….

할머니는 말끝을 흐리며 하릴없이 지나가는 사람들 쪽으로 눈길을 주었다. 순간, 할머니에 대해 많은 것을 한꺼번에 알아버린 기분이었다. 가슴이 싸해졌다.

나는 마다하는 할머니의 배낭을 기어이 내 어깨에 메고 할머니의 팔을 껴잡았다. 작은 새의 뼈가 한 움큼 손안에 들어온 기분이었다. 우리는 나란히 일본대사관 쪽으로 걸음을 떼놓았다. 할머니의 걸음은 느리고 숨이 가빴다. 정오가 가까웠지만 서둘 수가 없었다. 얼마쯤 가다가 할머니는 걸음을 멈추고 호흡을 한 바탕 추슬렀다. 그리고는 작정한 듯 물었다.

니는, 내가 와 거를 갈라카는지 어째 안 물어보노?

왠지… 좀은 알 것 같아서요.

나는 솔직하게 말했다. 할머니의 얼굴이 살짝 붉어졌다. 잠시 후, 고개를 주억거리며 다시 걸음을 떼어놓던 할머니가 숨이 가쁜 채로 쉬엄쉬엄 얘기를 시작했다.

너거 할배 돌아가시기 수년 전에… 어떤 야무치게 생긴

꽃 중에 꽃　　207

여자가 텔레비에 나와서… 대동아 전쟁 때 지가 당한 일을 얘기하는데 바로 내 얘기더라. … 그동안 그러키나 이자삐고 싶던 일을 듣고 있으이 어찌나 기가 차던지… 저여편네가 이자삘라꼬 애를 쓰다 쓰다 마 미치삔는가 했다. … 생각하모 억울하고 분통이 터질 노릇이지만 그게 어데 입 밖에 내놓을 일이더나. … 남새시러버서 평생을 가슴에 꽁꽁 묻어놨는데 그걸 다 까발리다이… 그동안엔 생각이나 해 본 일이것나. … 그 뒤에도 자꾸 그런 사람들이 나오더라. … 그제사 내 겉은 사람들이 한둘이 아이란 걸 알았니라. … 사람은 살아감서 이자삐는 기억이 더 많지마는… 그 일은 내 몸에 올올이 새기지서 잊을라 캐도 안 되고… 자다가도 벌떡벌떡 일어나고… 어데서 소리만 크게 나도 또 내를 족대길라꼬 그라는 거 같고… 하루도 맘 편한 날이 없었지러. … 그 때문인지 어릴 때 함께 살았던 내 식구들 기억이 하나도 없다. … 그 생지옥 겉은 데서 제우 살아나오고 보이 지난 일을 다 이자삣더라. 그러이 내 사는 기 어데 사는 기겠나. … 너거 할배를 만나기 전까지는 몸이 허공에 뜬 거 같았제. … 그 지옥 겉은 데서 살아나온 사람들은 속으로 다 그라고 살았을 끼다. … 인자는 세상이 좋아지서 그 일을 내놓고 말하기도 하지마는,

평생 말 몬 하고 살다 죽은 사람이 더 많을 끼고… 아직도 가슴에 꽁꽁 묻어놓고 살아가는 사람도 제법 있을 끼다. … 그 억울하고 아픈 심정을 누가 알아 주겠노. 그러이 수요집흰가 하는 기 고맙더라. … 다 지난 세월, 그런 기 무슨 소용인가 해도… 가슴에 평생 지울 수 없는 멍 자국을 징기고 사는 사람들한테는 그런 기 아인기라. … 한 번씩 그 일이 뉴스에 나오모… 나는 죽었다 깨나도 몬 할 일을 어째 저래 하능가 싶어서… 그 용기가 부럽고 고마버서… 한 번은 와 보고 싶더라. 고맙다는 말도 전하고… 내 가슴에 커다란 무덤처럼 들앉은 말들을 털어놓을 수 있을랑가 싶기도 하고… 인자 거 참석하던 할마이들도 마이 죽었는 갑던데… 그 사람들이 다 죽어삐모 앞으로는 누가 그 야그를 대신해 주겠노?

나는 할머니의 걸음에 맞춰 천천히 걸으며 할아버지의 사랑으로도 풀 수 없었던 할머니의 멍 자국에 대해 생각했다. 자국이 큰 만큼 첫걸음을 내딛기가 힘들었을 것이다. 다 알진 못해도 조금은 알 것 같아서 나는 할머니의 손을 더욱 힘주어 잡았다. 얼마나 망설이다 내디딘 걸음일까. 누가 그토록 망설이게 했나. 무지근한 통증이 체중처럼 가슴을 메웠다.

내가 '수요집회'에 가본 것은 얼마 전이었다. 대학 새내기의 분주함에 젖어 있을 때는 몰랐는데 한가해지자 멀지 않은 곳에서 매주 하는 집회에 가보지 않은 것이 어째 죄스러웠다. 그것은 세상에서 가장 오래된 집회였고, 내 기억 속에서 가장 눈부신, 슬픈 사람들의 모임이었다. 이젠 일상이 돼버린 그 일을 두고 누군가는 하릴없이 되풀이되는 퍼포먼스나 치워버려도 좋을 설치물 정도로 생각하지만 막상 가보니 여전히 사람들이 많이 모여들고 있었다. 그럼에도 여전히 한때 소녀였던 할머니들의 분노와 슬픔이 계속되고 있다니 비애가 가슴을 적셨다. 부끄럽기도 했다. 어쩌면 그 모든 것이 나처럼 무심한 사람들 때문인 것 같아 매주 참석하리라 작정도 했다. 하지만 첫 마음과 달리 이제 겨우 세 번째였다.

나는 새삼 부끄러움을 느끼며 푸른 신호를 기다리는 할머니의 얼굴을 훔쳐보았다. 홍조가 어린 할머니의 얼굴은 정오의 햇살 아래서 전혀 다른 얼굴처럼 보였다. 할아버지가 생각났다. 평생 그림자처럼 할머니 곁을 지켜낸 마음이 무엇이었을지 궁금했다. 나로선 그 깊은 속을 도무지 알 수가 없었다. 그런 할아버지를 보내고 지난 오 년 동안 할머니는 어떻게 살았을까?

아무리 그래도 산 사람은 다 살게 돼 있다. 두고 봐라. 저 할마시도 남의 가슴에 못 박고 뺏은 영감 보내놓고 자알 살 끼다.

장례식을 마친 자리에서 엄마는 할머니를 돌려세워 놓고 포달지게 말했다. 할머니는 모른 척 먼 산을 바라보고 있었지만 세상의 적막이 다 내려앉은 것 같은 얼굴이었다. 어쩌면 할머니는 그 고요하고 쓸쓸한 시간들을 견디면서 마침내 발걸음을 뗄 용기를 얻었는지도 모른다.

행사가 시작되려는지 마이크 소리가 들리기 시작했다. 다른 때보다 사람들이 많은지 왁자한 소리가 멀리서도 들렸다. 신호가 바뀌었다. 사람들이 우르르 길을 건넜다.

할머니, 빨리 가요. 시작하나 봐요.

나는 급한 마음에 할머니의 손을 잡아끌었다. 할머니가 내 손을 맵차게 뿌리쳤다. 놀라서 돌아보니 할머니의 얼굴 주름 사이마다 두려움이 얼음처럼 박혀 있었다. 할머니! 불러도 대답이 없었다. 그저 입을 앙다문 채 돌아서더니 비칠거리며 걷기 시작했다. 금방이라도 쓰러질 듯 위태로운 걸음이었다. 나는 쫓아가 할머니의 어깨를 감싸안았다. 할머니가 소스라쳐 나를 세차게 밀쳐냈다.

할머니! 저예요, 연주! 왜 그러세요?

나는 할머니의 두 손을 움켜쥐고 외쳤다. 이윽고 나를 알아본 할머니가 안쓰러울 정도로 몸을 떨며 매달리 듯 내 팔을 움켜쥐었다.

연주야, 가자. 무섭다! 저 소리, 사람들 소리. 무섭다! 안 되겠다. 난 아직 아인갑다. 갈란다. 집으로 갈란다.

처진 눈까풀 사이에서 할머니의 눈동자가 갈피를 잡지 못했다. 나는 할머니를 껴안은 채 택시를 잡았다. 택시에 오르자 할머니가 소리 죽여 울기 시작했다. 들어본 적이 없게 애끊는 울음이었다.

그날 밤, 할머니는 내 방에서 하룻밤을 보냈다. 둘이 눕 기엔 비좁은 방에 어깨를 나란히 하고 누우니 오랫동안 그렇게 살아온 것 같은 생각이 들었다. 그 밤에 할머니는 피딱지가 된 붕대를 벗겨내듯 신음을 삼켜가며 자신의 이 야기를 들려주었다. 그러지 않았다면 나는 할머니의 사연 을 영영 몰랐을 것이고, 할머니의 생이 끝나는 순간을 지 키는 일도 없었을 것이다. 그날, 밤을 새워 들은 할머니의 얘기는 바로 내 할아버지의 얘기였다.

4.

　시내 국밥집에서 그들이 처음 만났을 때, 그녀는 그를 알아보지 못했지만 그는 단번에 알아보았다. 십오 년 만이었고, 한국전쟁이 끝난 가을이었다.

　그는 국밥을 주문해야 한다는 것도 잊고 손님들 사이를 분주하게 오가는 그녀를 멍하니 지켜보았다. 아무리 봐도 담 너머에 살던 이정례였다. 검고 단아한 눈썹 위에 또렷이 박혀 있는 녹두알만 한 사마귀와 좁은 어깨, 가느다란 목덜미가 틀림없었다. 그런데 다리를 절고 있었고, 국밥을 내려놓는 손에는 엄지가 뭉툭하게 잘려 나가고 없었다. 흑단 같은 머리를 길게 땋아 빨간 댕기를 드리우고 나비처럼 팔랑거리던 열여섯의 그녀는 간 곳 없었다. 아무리 세월이 흘렀기로 저럴 수가 있을까. 그는 무두질하듯 쓰린 앙가슴을 자꾸 문질렀다. 이젠 대못이 되어 가슴 깊이 박혀 있는 그녀가 만져지는 듯했다. 언제든 청혼할 때가 되기만을 기다리는데 어느 날 사라져버린 그녀는 그 후 그의 가슴에서 못이 되었다. 이제는 녹슬어서 뽑을 수도 없는 못. 그런 그녀가 놀다 버린 헝겊인형 같은 모습으로 국밥을 나르고 있는 것이다. 도대체 어디를 저토록

꽃 중에 꽃　　213

헤매다 왔단 말인가. 얼마나 잔인한 세월의 바퀴가 그녀의 몸 위로 마구 달려간 것인지, 회한에 가슴이 미어졌다.

그는 장작을 쪼개는 듯 아픈 가슴을 안고 눈길이라도 마주치기를 바라며 애타게 그녀의 뒷모습을 좇았다. 그러나 그녀는 고개를 들지 않았다. 주문을 받을 때도 고개를 외로 틀어 사람들과는 아예 눈을 마주치지 않았다. 그저 불편한 다리를 끌면서 손님들 앞에 국밥을 갖다 놓기 바빴다.

그 후, 그는 매일 국밥집에 갔다. 돈이 아까워 어쩌다 한 번씩 먹던 국밥을 날마다 먹으러 갔다. 국밥집은 그가 미군 부대에서 빼낸 잡화들을 단골로 대주는 가게 바로 옆이었다. 그는 그녀에게 말이나 붙여볼 수 있을까 하고 일부러 시장 상인들이 들이닥치는 시간을 피했다. 그러나 말은커녕 눈길조차 마주칠 기회가 없었다. 그녀는 누구와도 말을 섞고 싶지 않은 듯 고개를 들지 않았다. 그렇게 하루하루가 흘러가자 그는 또 그녀를 놓치면 어쩌나 하는 조바심에 마음이 타들어 가는 것 같았다.

그동안 그녀는 자주 꿈에 나타났다. 늘 기진한 모습이었고 한사코 그를 외면했다. 딱 한 번, 그가 며칠 모은 나뭇단을 팔아서 산 빨간 댕기를 건넸을 때 귓불까지 빨개

져서 좋아하던 모습으로 나타났다. 환하게 웃으며 뛰어오는데 치렁하게 땋은 머리끝에서 빨간 댕기가 나풀거렸다. 그가 맞으러 뛰어갔지만 아무리 달려도 가까워지지 않았다. 그녀는 안타까운 얼굴로 가까이 오라고 손짓하면서도 하염없이 멀어져만 갔다. 그는 절벽에 선 것 같은 심정으로 소리쳐 그녀를 불렀다. 정례야아-! 늘 같은 꿈이었다. 깨어나면 팔다리가 욱신거렸지만 현실이 아니기에 언젠가는 만날 수 있으리란 희망을 가질 수가 있었다.

그것이 다 앞날에 대한 불길한 예견이었던가. 그는 그녀에게 갈 때마다 가슴에 쌓여가는 돌무덤을 오늘은 와르르 부술 수 있기를 간절히 바랐다. 그런 어느 날, 그녀가 그 앞에서 국밥을 쏟은 것은 차라리 행운이었다.

식당이 유난히 바쁘게 돌아가던 날이었다. 그녀는 다른 날보다 더욱 노리짱한 얼굴에 지쳐 보였다. 다리는 더 많이 절름거렸다. 그는 불안해서 견딜 수가 없었다. 그녀가 그 앞에 와 섰을 때 당장 그녀를 싸안고 달아나고 싶었다. 순간, 그 앞에 국밥을 내려놓던 그녀의 손에서 뚝배기가 미끄러졌다. 그릇이 탁자 위를 구르며 뜨거운 국물이 허벅지로 쏟아졌다. 그는 전신이 오그라드는 것 같은 통증에 놀라 벌떡 일어나면서도 그녀가 놀랄까 봐 비명을 삼

꽃 중에 꽃　　215

컸다. 비명을 지른 것은 그녀였다. 손님들이 놀라서 돌아보았지만 이내 무심한 얼굴로 다시 국밥 그릇에 얼굴들을 묻었다. 그녀는 기우뚱거리며 주방으로 달려가 간장이 담긴 사발을 들고나왔다. 그는 재빨리 바지를 찢었다. 그새 살갗이 벌겋게 부풀어 오르며 물집이 잡혔다. 그녀가 그의 허벅지에 간장을 들이부었다. 고향에서 하던 응급처방이었다. 그는 역겨울 정도로 짠 간장 냄새를 견디며 그녀의 이마를 덮은 부스스한 머리카락 사이로 드러난 흉터를 보았다. 이마에서 관자놀이 쪽으로 줄을 그은 듯 긴 자국이었다. 그것은 말라붙은 송충이의 잔해를 닮아 있었다. 그는 덴 고통보다 그녀의 얼굴에 있는 흉터 때문에 신음을 흘렸다. 돈 벌러 갔다더니 대체 어디를, 어떻게 떠돌았기에 이 꼴이 되었느냐고 물어보고 싶었다. 하지만 아직은 때가 아니었다.

응급처치는 했으이까네 지금 바로 약방에 가보이소. 매인 몸이라 같이 가지는 못해예. 약값은 지가 드리겠습니다.

그녀는 어질러진 자리를 서둘러 훔치며 말했다. 모습은 그리 변했건만 다소곳하면서도 낭랑한 말소리는 그대로였다. 그는 목이 메는 것을 헛기침으로 감추고 마음과 달리 퉁명스레 대꾸했다.

메칠 고생하모 괜안을 낍니더. 대신 밥이나 한번 사주이소.

그녀가 놀란 눈으로 그를 올려다보았다. 그는 혹시 그녀가 자신을 알아볼까 하고 마음을 죄었다. 하지만 그녀의 눈길에는 너그러운 손님에 대한 감사의 마음이 깃들어 있을 뿐이었다. 그때, 그는 그녀가 몸이 망가진 것처럼 기억도 훼손되어 버린 게 아닌가 하는 의구심을 가졌다. 도심의 거리에는 전쟁의 참화 속에서 자신이 누군지도 모른 채 남루한 몰골로 떠돌아다니는 여자들이 많았다. 가슴속으로 삭풍이 휘몰아쳤다. 그래서 더욱 그는 그녀를 절대 이대로 놓아줄 수 없다는 생각을 했다.

선선한 날씨 덕에 상처는 생각보다 빨리 아물었다. 그는 기어이 그녀로부터 밖에서 만날 약속을 받아냈다. 가을이 막바지 정염을 태울 때였으나 전쟁이 휩쓸고 간 도시의 풍경은 삭막했다. 전쟁 통에 곳곳에서 모여든 사람들로 도시는 늘 어수선하고 시끌벅적했다. 전쟁이 끝나자 가슴에 희망을 품은 사람들이 도시를 누볐다. 그도 그중 한 사람이었다. 그는 누구보다 잘살고 싶었다. 마음속에는 늘 그녀가 있었다. 한순간도 그녀를 잊은 적이 없었다. 무엇이든 그녀와 하는 것을 꿈꾸었다. 이제 드디어 그녀를 만나게 되었다. 무슨 얘기부터 해야 하나. 그는 선창가의 쌀쌀한 밤바람 속에서 많은 생각을 했다. 그녀는 쉬 오지 않았다.

선창가의 불빛들은 싸늘한 가을바람에 속절없이 흔들리고 있었고, 바쁜 일과를 끝낸 사람들은 불빛 아래 삼삼오오 모여 떠들어댔다. 벌써 술에 취해 비틀거리는 사내들도 보였다. 어디선가 악다구니를 하는 소리도 들렸다.

빨리 오셨네예. 늦어서 죄송합니더.

담배를 막 비벼 끄는데 뒤에서 그녀의 목소리가 들렸다. 맑은 종소리 같았다. 그는 가슴이 설레어 침을 꿀꺽 삼켰다. 식당을 벗어난 그녀의 모습이 어떨지 궁금했다. 빨리 돌아보고 싶은 마음과 아껴서 보고 싶은 마음이 팽팽히 맞섰다.

그는 갈등을 감추고 천천히 돌아섰다.

그녀는 늘 쓰고 있던 머릿수건을 벗고 머리를 뒤로 묶어 올린 모습으로 서 있었다. 길게 늘어뜨린 앞머리가 여전히 이마를 가리고 있었다. 가르마 아래 반듯하게 드러난 이마가 누구보다 예뻤던 사람인데, 그 사람이 스카프도 하나 두르지 않고 목덜미를 휑하니 드러낸 채 그 앞에 있었다. 그는 별안간 싸해지는 콧잔등을 비비며 먼 산에

총총히 박힌 불빛을 잠깐 돌아본 후 그녀를 바라보았다. 세파에 찌들어 노랗게 시든 얼굴이 배시시 웃음을 머금고 있었다. 한때 그를 그토록 애달게 하던 웃음이 이젠 울음을 견디는 것처럼 보였다. 어떻게 사람이 이렇게 변할 수가 있는가. 그는 다시는 고향의 그 시절로 돌아갈 수 없다는 것을 송곳에 찔린 듯 아프게 깨달았다. 그래도 당신을 사랑할 수 있을까? 그는 속으로 반문하면서도 싱긋 웃어 보이고는 걸음을 뗐다.

그녀는 말없이 앞서가는 그의 뒤를 따랐다. 비록 멀쩡히 앉아 있는 사람에게 뜨거운 국밥을 뒤집어씌웠다 해도 선량한 인상이 아니었다면 나오지 않았을 것이다. 두려운 마음이 없지는 않았다. 그녀에게 세상의 모든 남자는 매우 끔찍한 동물이었다.

그는 근처에서 잘한다고 소문난 중화요리 집으로 갔다. 밥을 사 달라고 했지만 실은 그녀를 배불리 먹이고 싶었다. 등짝에 달라붙은 그녀의 뱃가죽이 좀 불룩하게 일어나는 걸 보고 싶었다. 그는 요리를 몇 가지 시켜놓고 자신을 소개했다. 시간이 많지 않다는 것을 알기에 무지르듯하고 싶은 말을 꺼냈다.

지는 한봉석입니더. 옛날부터 거를 잘 알고 있었습니

더. 우리는 같은 마을, 옆집에 살았습니더.

그녀가 뜨악한 표정을 지었다. 그는 자신의 짐작이 맞을 것 같은 불길함 속에서 떠나온 고향 얘기부터 했다. 둥근 산세가 포근하게 감싸고 있던 아름다운 산골 마을, 마을 옆으로 돌아 흐르던 맑은 시냇물, 가난했지만 인정을 나눌 줄 알던 마을 사람들에 대해 조곤조곤 얘기했다. 그의 말소리는 낙숫물처럼 똑똑, 그녀의 가슴으로 흘러들었다. 그곳이 어딘지는 몰랐지만 어쩐지 그곳에 가 있는 듯했다. 그녀는 그런 고향을 가진 그가 부러웠다.

그런 고향이 있으모 참 좋겠네예. 고향에는 지금 누가 살고 있어예?

인자 그곳에는 아무도 없습니더. 전쟁 통에 다 떠나뻿고 가족이 몰살당한 집도 꽤 많습니더.

그는 피난 나올 때 정례 집도 이사를 갔는데 그 후 소식을 모른다는 말은 차마 하지 못했다. 그녀로서는 알아도 몰라도 마찬가지였다. 지금이라면 차라리 모르는 것이 나았다. 그는 망설이다가 이웃에 살면서 그녀에게 품었던 연정에 대해서도 말했다.

정례는 참 예뻤습니더. 우리 마을 머슴아들이 다 나중에 지 색시 할 끼라꼬 모이기만 하모 장담을 했습니더.

1남 3녀의 맏딸이었는데, 부모님이 다 고랑고랑해서 철들면서부터는 동생들을 벌어먹이다시피 하면서도 밝고 명랑했습니다. 일도 잘하고, 수놓는 것도, 바느질 솜씨도 빼어나서 나이는 어리도 이집 저집 다니면서 일을 참 마이도 했습니다. 그럴 때마다 안씨럽기 말할 수 없었지만, 지역시 가난한 집 자식이라 도울 방법이 없었습니다. 기껏 한다는 기, 물을 지다가 사립문 앞에 갖다 놓거나, 겨울 되모 나무를 해다 주는 정도나 했지예. 우짜다 이웃 마을 잔칫집에서 밥이랑 반찬이랑 좀 얻어다 주모 고맙다믄서 방시레 웃는 모습이 그렇게 예쁠 수가 없었습니다. 그 얼굴이 지금도 내 맘속에 등불처럼 걸려 있습니다.

그녀는 그의 가슴에 등불이 되어 흔들리는 한 여자의 모습을 상상해 보았다. 그가 자신을 두고 정례인 듯 말하지만 그럴 리는 없었다. 그녀의 이름은 이정례가 아니었다. 누군가 부르면 가슴이 땅바닥으로 곤두박질치는 이름, 하루코. 단 한 번도 자신의 이름 같지 않았던 이름, 이춘자. 그녀는 속으로 치를 떨면서 계속되는 그의 얘기에 귀를 기울였다.

우리 엄니 모르게, 암탉이 금방 낳은 뜨뜻한 계란을 홈치다가 정례 빨래 소쿠리에 넣어주기도 했습니다. 엄니한

테 들키는 바람에 매찜질을 억수로 당했지마는 정례가 좋
으모 좋았습니더. 한 이 년만 더 기다릿다가 혼인할 생각
이었습니더. 정례도 지 맘을 알았습니더. 지가 슬며서 손
을 잡으모 가마이 기대오던 그 살가움으로 알 수가 있었
습니더. 그런데도 지가 정례한테 해준 기라고는 붉은 댕
기 한 개 뿐입니더.

그때, 그녀의 기억 속으로 맑은 강바닥에 비치는 잔돌
처럼 붉은 댕기가 떠올랐다. 진작 머리카락이 잘려버려
소용없었는데도 오랫동안 간직했던 비단 댕기. 이유는 기
억하지 못했지만 절대 잃어버려선 안 될, 무엇보다 소중
한 물건이었다. 그것을 애분이 마지막 가는 길에 넣어주
었다. 세이(언니)야, 세이는 좋겠다. 그렇게 색깔 고븐 댕
기도 해보고. 나는 이때꺼정 그런 것도 한 번 몬 해 봤다.
애분이 비참하기 그지없는 모습으로 쓰러져 있을 때, 그
말이 생각나서 애분의 피 젖은 품에 넣어주었다.

그 기억이 떠오르자 머릿속을 휘젓는 듯한 통증과 함
께 하늘과 땅이 뒤바뀌어 돌아가는 어지러움이 또 시작
되었다. 내장이 쪼그라붙는 것 같은 굶주림과 자신의 몸
위로 불개미처럼 들러붙던 냄새 나는 사내들에 대한 기억
이 유리 파편처럼 머릿속을 휘젓기 시작했다. 그녀는 테

이불 아래서 떨리는 손을 다잡아 쥐고 간신히 내뱉었다.

저는 이정례가 아이고 이, 춘, 잡니더.

식은땀이 솟아나 머릿밑을 적시고 있었다. 그녀는 더 견딜 수 없어서 해쓱한 얼굴로 일어나 그가 잡을 새도 없이 밖으로 뛰쳐나갔다. 가능한 한 그로부터 빨리 멀어지고 싶었다. 고통스러운 옛 기억은 다시 돌이키고 싶지 않았다.

거리로 나오자 사람들이 모두 자신을 향해 달려오는 것 같았다. 그녀는 기우뚱거리며 사람들을 헤치고 달렸다. 그녀가 달리자 이름도 모르는 어린 여자애들이 머리를 풀어헤친 채 울면서 뒤따라왔다. 그 뒤로 아랫도리를 덜렁거리는 사내들이 핏발 선 눈으로 쫓아왔다. 그녀는 어두운 밤거리에서 숨을 곳을 찾아 허둥거렸다. 발가벗은 애분을 의자에 묶으며 낄낄거리던 군인들의 웃음소리가 귓전에 메아리쳤다. 벌건 대낮에 발가벗긴 채 울부짖는 애분을 차마 볼 수 없어 고개를 돌리자 군인들이 그녀의 머리채를 휘잡고 돌려세웠다.

말 안 들으면 똑같이 만들어준다! 눈 똑바로 뜨고 쳐다봐! 안 그러면 눈알을 뽑아버릴 거야!

눈을 떴지만 다행히 눈물이 앞을 가려 모든 것이 흐려

보였다. 애분의 비명이 고막을 찢었다. 그녀는 속으로 애분은 죄가 없다고 울부짖었다. 애분의 죄는 절대 해선 안되는 임신을 하고 감춘 것, 배가 아파서 군인을 못 받겠다 한 것뿐이었다. 애분은 샷쿠(콘돔)를 끼면 임신이 안될 거로 믿었고, 배가 늘 등가죽에 들러붙어 있어 그 안에서 아기가 자랄 수 있을 거라고는 꿈에도 생각지 않았다.

애분의 비명은 짧게 끝났다. 극성스레 울어대던 매미 소리도 들려오지 않았다. 군인들이 키득거리며 지껄이는 소리만이 적막 속을 흘러 다녔다. 여름 하오의 무더위 속으로 애분이 흘린 피 냄새가 떠다녔다. 그녀는 뛰어나가 애분을 거둬주고 싶었다. 하지만 군인들이 번갈아 들어와 몸을 짓이겼다.

겨우 밖으로 나왔을 때는 저녁 무렵이었다. 애분의 시신은 아직 방치되어 있었다. 피가 말라붙은 칼자국마다 쇠파리가 끓고 있었다. 그녀는 댕기를 갖고 나와 피에 젖은 애분의 옷섶에 넣어 주었다. 그 밤에 비가 내렸다. 시신은 치워졌지만 추적추적 내리는 빗속에서 애분의 울음소리가 끊임없이 들려왔다.

그 후, 애분과 친했던 덕자는 걸핏하면 실실 웃으며 그날의 일을 주절거렸다. 핏덩이가 살아서 꼬물거리더라.

손도, 발도 다 있더라. 그걸 군인들이 칼로 쿡쿡 찔러대더라. 덕자는 버짐이 허옇게 핀 입으로 넋이 나간 채 같은 말을 되풀이했다. 그녀는 덕자의 목을 졸라버리고 싶었다. 정신이 나가버렸다는 걸 알면서도 자꾸 그런 충동이 들었다. 애분의 마지막 모습도 자꾸 눈앞에 어른거렸다. 더는 견딜 수가 없었다. 자신의 피를 아편과 같이 먹으면 죽는다는 말이 생각났다. 그녀는 한 군인이 흘리고 간 단도를 감췄다. 아편은 숙이에게서 조금 얻었다. 그 저녁에 그녀는 자신의 엄지를 칼로 그어 피를 받았다. 하필 덕자가 문 앞을 지나다가 그녀의 억눌린 신음 소리를 듣고 뛰어들었다. 그날, 그녀는 다리가 부러지고, 손가락이 잘리고, 정신을 잃을 때까지 두들겨 맞았다. 차라리 죽기를 바랐지만 그곳에서 뜻대로 할 수 있는 것은 아무것도 없었다.

그녀는 가끔씩 폭발하듯 되살아나는 기억들이 무서웠다. 그것들로부터 멀리 달아나고 싶었다. 바다를 향해 달렸다. 바다에 가면 파도가 다 휩쓸어갈 것 같았다. 그곳에 뛰어들어 기억을 다 잠재우고 싶었다.

그는 바다를 향해 달려가는 그녀를 겨우 붙잡았다. 그녀가 뿌리치려 발버둥 쳤지만 악지 센 그의 손을 벗어날 수가 없었다. 그녀는 땅바닥에 주저앉아 통곡을 터뜨렸다. 그동안 쌓이고 쌓여 화석처럼 굳었던 울음이 한꺼번에 터져 나왔다. 그는 그녀의 애끓는 울음이 그치기를 기다리면서 그토록 그리워했던 지난 시간이 다시는 올 수 없다는 것을 깨달았다. 그래도 할 수만 있다면 되찾고 싶었다. 그는 철썩이는 파도 소리를 들으며 주먹을 불끈 쥐었다. 어디에 부딪쳐도 절대로 부서지고 싶지 않았다. 그녀와 함께라면 더욱 그랬다.

이윽고 울음을 그친 그녀는 아직도 그가 곁에 있는 것을 보고 놀랐다. 부끄럽기도 했지만 고마웠다. 그의 온기가 포근하게 자신을 감싸는 것을 느꼈다. 그동안 어디서도 느끼지 못했던 것이었다. 그녀는 그가 내미는 손을 조심스레 잡고 일어섰다. 마주 선 그가 다짐을 두듯 말했다.

거 이름은 이정렙니다. 절대 이춘자가 아입니더.

그녀는 고개를 끄덕였다. 이 듬직한 남자에게 기대어 자신은 기억하지 못하는 정례의 얘기를 더 듣고 싶었다. 건강한 두 다리와 온전한 열 손가락을 가진, 잘 웃고 부지런하던 한 소녀의 얘기를….

그녀의 바람대로 그는 자주 옛이야기를 해주었다. 그러면 언뜻 스쳐 가는 바람처럼, 고향과 가족에 대한 기억이 희미하게나마 그녀의 뇌리를 맴돌았다. 그러나 그뿐이었다. 이야기 속의 어느 장면도 또렷해지는 것은 아무 것도 없었다.

그 무렵, 그에게는 함안댁이란 택호를 가진 여자와 딸이 있었다. 결혼은 하지 않았지만 아이가 생겨 그럭저럭 아비 노릇을 하고 있었다. 그런데 그녀를 만난 후 아이를 보러 가던 발길이 뜸해졌다. 한참 후에야 그것을 안 그녀는 자신의 발등을 찍어버리고 싶었다. 미리 알았다면 어떡해서라도 마음을 주저앉혔을 것을…. 그를 원망했지만 돌아가기엔 너무 먼 길이었다.

나는 당신만 있으모 된다. 다른 건 생각하지 마라.

그가 그녀를 안고 속삭일 때마다 그녀는 숨이 멎을 것 같았다. 밀쳐낼 수는 없었다. 그이기에 견뎌야만 했고, 견딜 수도 있었다. 그러나 의식 깊숙이 새겨진 상흔은 자주 그를 거부했다. 처음에는 자신도 모르게 그의 팔을 물어 버리기도 하고, 미친 듯이 뿌리치기도 했다. 그는 묵묵히 기다렸다. 그렇게 세월이 흐르는 사이에 가끔씩은 그녀도 그에게 몸을 맡길 수가 있었다. 하지만 마지막까지 몸을 섞지는 못했다. 그녀는 한사코 자신의 몸을 보여주지 않았다. 그로선 그것이 그녀를 지켜야 할 이유였다. 아무런 죄도 없이 건강한 뿌리를 다 잘려버리고 어디에도 뿌리를 내릴 수 없는 병든 나무 같은 그녀를 거친 세월의 비바람 속에 홀로 세워둘 수가 없었다.

그녀는 함안댁과 그 딸 가연에게 죄의식을 느꼈다. 자신이 없었다면 그들이 가족을 이루고 살았을 거란 생각이 쇠꼬챙이가 되어 그녀를 무시로 찔러댔다. 미안하다는 말이라도 하고 싶었지만 마주치기만 하면 새파랗게 날을 세우는 함안댁이 무서웠다. 자신의 뜻과 상관없이 쇠바퀴 같은 세월에 휘감겨 산 삶이 억울하기도 했다. 그 속에서 그를 만난 것은 진구렁 같은 생에 대한 위로였다. 그 아늑함 때문에 그녀는 눈을 질끈 감아버렸다. 그 세월이 너무 길었다. 그녀는 남은 생애 동안 그것이 후회스러웠다.

5.

얘기를 다 듣고 난 엄마는 긴 꿈에서 깨어난 듯 한숨을 깊이 내쉬었다.

우리 아버지 알고 보이 어지가이 순정파네. 그런 사람을 보내고 저 사람 어째 살았으까? 그나저나 저 사람, 수요집회는 가봤나?

못 가보고 말았죠.

그 밤에 자신의 이야기를 다 해준 할머니는 아침이 되자 부산으로 가겠다고 했다. 어느 때보다 얼굴이 고요했다. 마치 자신의 얘기를 털어놓을 시간만이 필요했던 사람 같았다. 나는 할머니와의 작별이 못내 아쉬웠다.

그렇게 힘들게 올라오셔서 그냥 가신다고요?

할머니는 담담한 기색으로 고개를 주억거렸다.

그렇다꼬 일주일을 기다리겠나? 다음 기회를 봄서 맘으로나 내 할 말 대신해주는 사람들을 응원할란다. 거 함께 한다꼬 내가 당한 일들이 없어지는 것도 아이고, 죄지은 놈 죄가 없어지는 것도 아이니까…. 백골이 흙이 돼도 못 이자뿔 일인데 벌써 한을 품고 죽은 사람도 많고, 내거치 생각만 하모 정신줄을 놓아버리는 사람들도 아직은 제붉 살아있을 끼다. … 그러이 저 일은 다 죽는다꼬 끝날 일이 아이다. 원(怨)을 안 풀어주모 죽어도 죽어도 계속될 한(恨)이다. 그걸 어째 두겠노. 인자라도 힘을 보태야제.

할머니의 목소리에는 힘이 돋아 있었다. 그래서 배웅을 할 때는 마음이 한결 가벼웠다.

그 후, 나는 가끔씩 할머니께 안부를 물었다. 그때마다 할머니는 오직 내 전화만을 기다린 사람처럼 반가워했다.

꽃 중에 꽃　　229

졸업 후 아버지의 일을 도우려고 부산으로 오게 된 것은 할머니를 위해 잘된 일이었다.

내 평생에 그나마 복이 있었다모 니 할배랑, 니 만난 거 딱 두 개다. 그라고보이 세상에서 젤 소중한 거 두 개를 가진 셈이제?

그 말을 할 때 할머니는 퍽이나 행복해 보였다. 나는 그 얼굴을 떠올리며 엄마를 쳐다보았다.

아무리 생각해 봐도 우리 아버지가 대단타. 그런 사람을 평생 품고 살았다이….

엄마는 자리를 털고 일어서며 한결 눅지근해진 목소리로 말했다.

나는 갈란다. 니는 우짤래? 무서버서 혼자 있겠나?

나는 고개를 끄덕였다. 빈소에 혼자 있는 것은 무서웠지만 할머니를 위해, 할머니를 향한 첫 마음을 평생 간직했던 할아버지를 위해, 할머니의 마지막 가는 길을 지켜주고 싶었다. 가능하면 친구들을 많이 불러서 두 사람의 얘기를 들려줄 생각이었다. 그것은 거의 한 세기를 살아낸 할머니의 슬픈 생을 위로하는 나만의 이별 방식이었다.

해설

이면의 시간들

양순주 평론가

1.

　정인의 소설집 『누군가 아픈 밤』은 생(生)이 그려낸 무늬에 대한 기록들이다. 그 파동은 휘몰아치기보다는 반대로 잔잔한 쪽에 가깝고, 도드라지기보다는 도리어 흐릿하거나 희미한 편에 속한다고 할 수 있다. 나에게도 다가오는 "생의 황혼녘"을 추체험할 수 있고(「누군가 아픈 밤」), 괴로움에 몸부림치는 "위험한 이웃"과도 조우할 수 있다(「소리의 함정」). "부모님 생의 나이테가 오롯이 새겨진" 곳(「아무 곳에도 없는」)이라든가 "뿌리 깊지 못한 나무"(「이식(移植)의 시간」)의 사연도 만날 수 있다. "지금까지 우리가 함께 지나온 생의 흔적에 여기저기 구멍을 내고 있"는 사람(「화마(火魔)」), 발소리에 "아로새겨진 그 사람의 삶"(「누군가 아픈 밤」)을 추측해 보는 일도 가능하다.

　아픔이나 고통을 동반한 삶의 이야기 속에는 상처받은

생이 존재한다. "모든 상처는 꼭 그만큼의 자국을 남긴다."(「꽃 중에 꽃」)고 한다면, 그 자국이 새긴 무늬, 다시 말해 그 흔적을 들여다보는 이야기가 『누군가 아픈 밤』을 구성하고 있다고 말할 수 있다. 그런 이야기들은 오랜 시간이 지나도 잊히지 않는다. 나지막한 이야기들은 오래도록 여운을 남긴다. 이들 이야기를 읽은 뒤에 우리의 삶에는 어떤 무늬가 새겨질 수 있을까.

2.

인간 실존의 근원적 중심이라 할 장소가 바로 집이며, 인간은 그 장소와 유대감을 맺고 살아간다. 그러나 집은 더 이상 안온한 장소가 아니고, 가족 역시 끈끈한 혈육의 정을 나눌 수 있는 관계성을 잃어버린 지 오래다. 가족은 더 이상 친밀함을 보장하는 이름이 아니다. 자식들은 부모를 봉양하지 않고 요양보호사가 가족을 대신해 엄마를 돌보고(「누군가 아픈 밤」), 아버지의 부재를 대신해 가장의 역할을 했던 오빠의 살려 달라는 구조 요청마저 바쁘다는 핑계로 귀 기울이지 않는다(「소리의 함정」). 남편은 화재 사고로 위장해 보험금을 노리려고 하고(「화마(火魔)」), 부모의 오랜 암 투병에 지친 자식들은 그들의 죽음을 방관하기도 한다(「아무 곳에도 없는」). 요컨대, 죽음이나 죽임으로 얼룩진 이들 관계 속에서는 전통적인 의미의 가족상을 확인할 수가 없다.

그 비정함이 장소 상실과 어우러져 비극미를 더욱 강화시키는 작품이 「아무 곳에도 없는」이다. "흉물스럽게 방치된 풍경" 묘사로 시작되는 이 소설은 "옛집"과 더불어 거기에 얽힌 가족들과의 기억을 상기해나가는 방식을 취한다. 그녀는 다시 돌아갈 수 없는 옛집으로 향한다. 각종 꽃들과 나무들로 기억되는 옛집은 그녀에게도 의미 있는 곳일뿐더러, 아버지에게 "최초이자 최후"였던 그 집은 아버지가 "고향나무"라 불렀던 소나무가 자리한 보금자리였다. 가난했던 어린 시절, 유일하게 당신에게 위안이 되어주었던 고향 뒷산의 소나무를 아버지는 생애 첫 집 마당으로 옮겨와 심고 가꾸어왔다. 그들 다섯 식구의 삶이 새겨진 그 집은 단순한 주거 공간의 차원을 넘어 아버지의 어린 시절로까지 이어지는 고향(장소)인 셈이다. "집은 그곳에 깃들었던 사람들의 생이 오롯이 새겨진 기억의 사원"이었다.

그 기억의 사원을 팔아 남동생은 초고층 아파트로 이사를 했다. 고유한 장소성을 간직한 '옛집'과 균질하게 규격화 되어 있는 '아파트'의 대비는 무장소성으로 이해할 수 있다. 편리한 생활을 보장받을 수 있는 반짝이는 성채 안에서의 삶에는 고유한 장소 감각이 부재하기 때문이다. 아파트와 옛집이라는 장치만으로도 선명했던 대비는 '사라져버린 옛집'으로 더욱 극명해진다. 소설 초입 부분에 제시된 흉물스럽게 변해버린 풍경은 옛집의 사라짐을 예견하게 한다. 남의 집이 되어버린 것에 그치지 않고 집이 아예 없어져 버렸고, "장미꽃이 만발한 담장"의 옆집은 "더 이상 '누구네' 집"도 아니다. 그곳엔 하늘마루 A동, B동과 같은 5층짜리 원룸 건물이 "제각기 다른 이름을 달고 무표정하게 서 있을 뿐"이다. 골목길에 스며있던 고유성은 재개발로 점차 휘발되어간다. "그곳의 문을 다시는 열고 들어갈 수 없"게 되었다.

다시는 갈 수 없는 옛집은 그리움의 장소이기도 하지만 "자책감과 죄의식"으로 뒤엉킨 곳이기도 하다. 5년의 투병 생활 뒤 생을 마감한 부모의 죽음은 오랜 간병으로 지쳐가던 삼남매의 다툼과 무관하지 않다. "나란히 손을 잡고 마치 깊은 잠에 빠진 듯이…" 죽은 부모가 실은 수면제

복용을 선택했다는 사실이 소설 후반부에 밝혀진다. 자식들에게 더 이상 짐이 되고 싶지 않았던 부모와 통증으로 괴로워하는 부모님의 고통을 줄여드리고 싶어 하는 자식의 마음은 비극적 결말을 낳게 된 것이다. 저 말줄임표에는 그녀의 "불온한 마음"이 숨겨져 있기에 옛집은 그녀를 복잡한 심경에 빠지게 만든다. 그 '죄'의 기억이 그녀를 괴롭혔기에 한국(집)을 떠나 있었지만 돌아갈 곳이 부재한 지금, 그녀의 마음은 더 어지러울 수밖에 없다. 자식보다 나무를 더 소중히 여긴 아버지와 그 집이 싫었던 남동생 또한 집을 팔고 난 뒤에야 이를 깨닫고 흐느낀다. 그러나 부모님도 집도 더 이상 이곳에는 존재하지 않는다.

「누군가 아픈 밤」에서는 물레 여사의 집이 곧 그녀의 처지를 드러낸다. 이때 '반지하'라는 공간은 삶과 죽음의 경계를 상징한다. "무덤 속 같은 방" 안에서 "창구멍"을 통해 지나가는 사람들의 발소리를 듣는 것을 유일한 낙으로 삼고 있는 물레 여사의 삶은 사실상 '살아있는 죽음'에 가깝다. 사람들이 바쁘게 지나다니는 창 바깥이 일상적 세계라 한다면, 이곳은 일상과는 분리된 공간이고 그녀는 그 세계로부터 소외되어 있는 것이다. 창구멍이 "숨구멍"이기도 하다는 표현은 발소리를 듣는 일이 그녀가 살아 있음을 느낄 수 있는 유일한 시간이라는 의미이다. 미국에 사는 작은딸이 찾아와주기를, 그 발소리가 들려오기를 기다리고 또 기대하지만 그런 일은 일어나지 않는다. 나는 물레 여사의 간절함을 큰딸에게 전하지만 그녀는 동생이 이미 5년 전에 죽었다고 말한다. 죽은 딸의 방문을 기다리고 있는 물레 여사는 이미 삶의 끝자락까지 와 있는 셈이다.

「화마(火魔)」에서 화재로 불이 나 타버린 집 현관의 "흉한 꼬락서니"는 위태로운 부부관계의 결말을 예견하고 있다. 한낮에 배전반 누전이 어떻게 발생했는지 그 정확한 원인은 알 수가 없는 상태지만 정황상 남편이 벌인 일일지도 모를 가능성이 다수 발견된다. 화재가 발생한 날은 평소와 달리 중문이 꽉 닫혀 있었고, 남편은 말도 없이 출근했다는 이상한 낌새가 있긴 했다. 그러던 차에 형사는 부인 앞으로 들어둔 "화재보험과 생명보험"에 대해 언급한다. "그렇게 말하겠다고 마음을 단단히 먹고 온 사람" 같이 말하는 그의 날 선 대답은 내게 확증으로 작용한다. 남편이 운영하는 슈퍼마켓이 근처에 들어선 대형마트로 인해 타격을 받게 되면서 위태로운 상황에 놓인 것인데, 그 불이 애먼 곳에 붙게 된 것이다. 참사는 현관을 "숯굴"

로 만들었고, 두 사람의 관계를 뒤흔들어놓는다. 나는 이 모든 게 "화마의 장난"이라 믿고 싶지만 뚫려버린 "구멍"을 도저히 메울 도리가 없다.

이처럼 집이라는 장소는 실존적 탐색을 가능하게 하고, 소설 속 인물들은 집을 매개로 해서 인간관계의 어긋남을 경험하게 된다. 특히 장소 상실을 통해 관계의 단절을 드러내는 방식이 탁월하다. 사라져버린 장소는 개개인의 기억을 보존할 수 없게 하며, 그럼으로써 고유성을 상실하게 만든다. 더욱이 집은 가족관계와 무관할 수 없기 때문에 작가는 가족에 대한 이야기를 자주 해나갈 수밖에 없다. 그러나 제한된 공간과 관계 내에서 모색 가능한 길 역시 한정될 수밖에 없다. 그로부터 벗어날 때, 우리는 그 한계를 극복해 나갈 수 있을 것이다.

상실된 고유성을 되찾기 위해서는 다른 장소, 다른 시간, 다른 관계를 창안해나가야 한다. 작가가 가족 단위뿐만 아니라 다양한 타인과의 관계망을 그려나가는 이유 또한 여기에 있다. 비극적 결말로만 소설의 문을 닫아버리지 않고, 다른 시간들을 열어두는 이유 역시 마찬가지이다. 냉정하게 생각해보면, 가족 역시 타인이다. 허나 가족이 남이가라고 말하면서 가족은 타인이 아니어야 함을 강조해왔고, 그것이 누군가에겐 강요가 되어왔다. 이혼한 큰딸이 부모를 보살피거나(「아무 곳에도 없는」), 중년의 여성인 요양보호사가 돌봄을 대신하고 있다. 구성원 중 일부가 희생이나 배려를 떠맡아야 하는 구조는 그 자체가 문제적이므로 허물어질 수밖에 없다. 특히, 위의 세 작품은 집이라는 메타포를 통해 가족/관계를 의문에 붙임으로써 독자들이 이를 사유할 수 있도록 한다는 점이 특징적이다. 가족이라는 이름은 과연 이대로 괜찮은가.

3.

위기의 시대에만 인간의 삶이 요동치는 게 아니다. 삶을 지탱하는 근본 조건 자체가 이미 불안정하기 때문에 우리의 일상은 언제나 흔들리고 있다. 흔들리는 일상에 적응하며 살다 보니 어떤 확고한 믿음이 만들어져서 이제는 그 진동을 인식하지 못한 채로 살아간다. 그로 인해 안정을 지향하는 사고 체계가 정립되었고 우리는 그것을 욕망하며 삶을 영위해나간다. 그 속에서 사람들은 언제나 불안감에 휩싸일 수밖에 없다. 불안은 어쩌면 우리 삶의 근본 조건인 셈인데, 많은 이들은 망각하거나 외면하면서 애써 그 동요를 회피해왔던 것일지도 모른다. 그러나 작가는 불안의 심연을 들여다봄으로써 타인과 마주하려는 시도를 보여준다. 소설 속에 유독 '불안'과 '불면'을 겪고 있는 화자들이 많이 등장하는 이유이기도 하다.

「소리의 함정」은 소리에 예민한 타자들이 덫에 걸린 이야기이다. 전에 살던 집에서 나는 위층 아이들의 층간소음의 피해자였지만 이번엔 아랫집 남자에게 가해자가 된다. 내가 내지도 않은 소리가 들린다며 항의하는 아랫집 남자는 혼자만 있을 때 자신을 괴롭히던 소리에 시달렸던 나의 오빠와도 닮아 있다. 나는 피해자와 가해자, 죽은 오빠의 심정을 복합적으로 사유할 수 있는 위치에 가로놓인다. 특히, 소설집에는 타인을 통해 이전에 경험한 타인(가족)이 겪었던 마음을 헤아려보고 그를 이해해보려는 가능성이 자주 발견된다. 「누군가 아픈 밤」의 하선미는 요양보호사로 일하며 물레 여사를 돌보면서 요양병원에서 죽은 엄마의 심정을 추측해보고, 「소리의 함정」 속 나는 아랫집 남자의 불안감을 대면하면서 죽은 오빠의 사정을 헤아려본다. 이를 통해 우리는 타인을 마주 선 자와 마주할 수 있고, 그들의 향방을 가늠해볼 수 있다.

불안은 내적 발현 기제로부터 드러나는 증상이기도 하지만 관계 내에서 비롯되는 경우가 많다. 「화마(火魔)」, 「누군가 아픈 밤」, 「소리의 함정」세 작품에서 불안 혹은 불면은 사건을 촉발시키는 기폭제이다. 「소리의 함정」에서 나는 오빠를 떠나보낸 뒤에야 뒤늦게 그 감정의 심연에 대해 생각해보게 된다. 나는 처음에는 오빠가 불안감을 갖고 있는 원인이 "아버지의 부재와 어른스럽지 못했던 엄마 때문"이라고 생각했다. 엄마는 빚 때문에 잠적한 아버지에 대한 "원망"과 살아갈 날들에 대한 "걱정과 근심", "불안"을 모두 오빠에게 전가시켰기 때문이었다. 나는 우리의 "보호자" 역할을 도맡지 않는 엄마에게 "패악을 부"렸지만 오빠는 엄마의 "그런 말들을 잠자코 듣고 있었다." 중학교 3학년, 그 어린 나이부터 아버지를 대신하며 엄마의 푸념을 받아낸 오빠의 가슴 속에는 "그 쓸데없는 말"들이 "차곡차곡 쌓"여 갔을 것이다.

그런데 나는 그런 오빠가 "등신 같다고 생각"했지, 오빠 덕분에 내가 "안전지대"에 있을 수 있었다는 사실을 그때는 알지 못했다. 오빠의 "극심한 불안증과 공황 상태"가 깊어지는 모습을 지켜보면서 그 감정의 근원을 뒤늦게 알아차린다. 오빠는 세상의 모든 소리를 못 견뎌 했다. 오빠에게로 향하는 온갖 알 수 없는 소리들은 반대로 오빠가 표출할 수 없었던 외침이자 절규였다. 들려오는 소리를 견딜 수 없었던 오빠는 어느 날 소란을 피운 뒤 내게 연락을 해왔다. 관리사무소에 가서 "막 소리 지르고 집어던지"니까 속에 있는 뭔가가 "확 뚫리는 느낌"이 들었다고 한 그의 말은 숱한 감정의 응어리들이 그간 몸 안에 차곡차곡 쌓여왔음을 드러낸다. 누구도 그 심연을 들여다보고 이해해주지 못했고, 당사자인 오빠마저 그것과 마주할 수 없었기 때문에 그는 목숨을 끊어버린 것이다.

　나 역시도 오빠의 삶을 향한 "몸부림"에 제대로 응답하지 못했음을 뒤늦게 후회한다. 직장에서 한창 업무로 바쁠 때에 전화를 해서 얼버무리는 오빠의 마음을 헤아리기는커녕 "한심하게만 여"긴 적이 많았다. 나는 그 상황을 모면하기 바빴고, 나중으로 미루기 일쑤였다. 끝끝내 "방관자"였을 뿐이다. "독 안에 든 것" 마냥 갖가지 소리의 집중포화를 맞으며 홀로 괴로워하다 끝내 모든 것들과 작별해버린 오빠. 그 옆에 함께 있지 못했던 내 앞에 오빠와 유사한 증상을 호소하는 아랫집 남자가 나타난 것이다. 처음 보는 낯선 타인에게 "나도 살고 싶어서 이럽니다."라고 하는 그 남자를 나는 외면하지 못한다. 각종 실랑이 끝에 집 앞에 찾아온 남자는 느닷없이 "울음"을 터뜨린다. "한꺼번에" 감정을 터뜨린 그의 모습은 마치 오빠를 연상시키므로 나는 그가 울음을 그칠 때까지 가만히 기다린다. "잘 안다고 생각"했던 타인은 완전하게 내 예상을 빗나간다. 설령 들리지도 않는 소리에 시달렸던 오빠를, 아이들 때문에 내 눈치를 살폈던 유진의 심정을 헤아리게 되었다 한들 아랫집 남자는 또 다른 타인인 것이다.

그러하다면 타인과 관계 맺는 건 불가능한 일일까. 작가는 타인을 완전히 외면하지도 않고 쉽게 화해하는 포즈를 취하지도 않는다. 회한으로 남은 일을 되풀이하지 않기 위해 아주 사소한 것일지라도 지금의 내가 할 수 있는 무언가를 하는 것, 그것이 타인과 관계 맺어나갈 수 있는 최소한의 한 방편일지도 모르겠다. 고작 낯선 남자의 울음소리가 그치기를 기다리는 일, 15년이라는 시간이 지나고 나서야 그 이유를 겨우 짐작해 보는 일이 가능할 뿐이다. 「소리의 함정」과 「이식(移植)의 시간」은 과거의 나의 인식을 되돌아본 뒤 현재를 다르게 구성해나가려는 의지를 드러내고 있는 작품이다.

특히, 「이식(移植)의 시간」은 미래의 시간까지도 가늠해 볼 만한 여지를 남긴다는 점이 인상적이다. 일본 유학

시절에 만났던 나와 겐고는 15년 만에 한국에서 재회한
다. 겐고는 15년 전, 내게 "모욕감"을 안겨주었던 아버지
의 유골함을 가지고 내 앞에 나타났다. 이 작품은 나와 겐
고가 헤어진 이유를 보여주면서 거기에 얽혀 있는 나와
겐고의 삶의 방식과 내력들을 드러내고 있다. 베트남인
어머니와 한국인 아버지 사이에서 태어난 나의 "출생의
비밀"을 단박에 알아차린 겐고의 아버지는 모진 말들로
내게 상처를 준다. "순수 한국 애가 아"닌 "너 따위가 넘
볼 곳"이 아니라며 교제를 불허한 그 "조롱을 가득 담은"
눈길은 오랜 시간이 지나도 나를 아프게 한다. 재일교포
2세로 일본 사회 속에서 살아가면서도 "순 한국식"을 고
집스럽게 유지하려 했던 아버지에게 혼혈인 나는 불순하
고 불결한 존재인 것이다. 자신의 뜻을 따르지 않는 아들
의 반항에 대한 불똥이 내게도 튄 것이다. 그러나 그 시절
의 겐고와 나는 불안정했던 각자의 처지를 추스르기도 버
거웠고, 아버지로 인해 둘은 멀어질 수밖에 없었다.

시간이 지났다고 해서 그 상처가 씻은 듯이 말끔해지지
는 않는다. 겐고의 아버지가 뼛가루가 되어 고향 땅을 밟
았다고 해서 모욕당했던 옛 기억이 회복되는 것도 더더욱
아니다. 다만 겐고가 오랜 시간이 지난 뒤, 그 미안한 마

음을 전하기 위해 나에게 왔다. "두렵고 서러운 감정이 내 가슴 속에 지금도 파편처럼 살아 있"지만 아버지를 떠나보내러 가는 그를 혼자 보내지 않고 '동행'하는 것. 눈발이 굵어지지만 "이 작은 공간에 둘이 함께 있다는 사실이 더없이 다행스럽게 생각되었다."는 문장으로 소설은 끝이 난다. 크게 달라진 것은 없다. 허나 이들의 행보가 달라질 가능성이 남아 있다. 그 희미한 희망에 기대본다. 두 사람이 이 땅에 뿌리내릴 수 있기를 기대해 본다.

4.

재일교포, 그들은 일본 땅에도 조선 땅에도 뿌리내리지 못한 자들이다. 그런 뿌리 깊은 역사가 그들의 존재 조건을 형성시켰다. 디아스포라로 살아가면서 그 고통을 경험한 자들이 자신과 유사한 처지에 놓인 이들 또한 얼마나 힘든 삶을 감내하며 살고 있을까 공감하고, 그들의 사정을 이해할 수 있었다면 더 좋았겠지만, 그건 우리가 당위라고 여기고 있는 허울 좋은 관념일 뿐일지도 모른다. 공감은 낯선 타인만큼이나 지독하게 우리를 얽어매는 사슬

일지도 모른다. 우리가 옳다고 규정짓는 사고 체계는 이 토록 질긴 로고스의 세계이고, 우리는 평생토록 그 테두리 안을 벗어날 수 없다.

작가는 사회적 편견을 부추기는 '시선'들을 여러 작품에서 자주 묘사하고 있다. 「누군가 아픈 밤」에는 겉과 속이 다른 사람들에 대한 불신과 보이는 대로만 믿는 사람들에 대한 깊은 환멸이 드러난다. 동창들과의 여행 날 엄마의 죽음을 통고받은 나는 하룻밤 동안 "눈물 한 방울 흘리지 않"고 아무에게도 그 사실을 말하지 않았다. 그런 나를 두고 사람들은 온갖 소문을 퍼트린다. 또한 요양병원에 있는 노인들은 자식들 얘기를 "실제보다 부풀리고 심지어 거짓말"까지 보태서 말한다. 「화마(火魔)」에서 불이 난 사실도 인지하지 못하고 집 안에 있었던 나를 남편은 "아둔한 여자" 취급하며 "한심"해한다. 동네 사람들은 자칫 잘못했다간 "아파트가 날아갈 뻔했다며 은근히 나를 힐난" 한다. 「소리의 함정」에서 사람들은 오빠를 "미친놈" 취급한다. 「꽃 중에 꽃」에서 "이마의 긴 흉터와 뭉툭 잘린 엄지, 절름거리는 걸음걸이와 왜소한 체구"를 지닌 할머니의 외향은 사람들의 수군거림의 대상이 된다.

요컨대, 사회적 약자들을 바라보는 시선은 각종 편견

들로 점철되어 있다. 『누군가 아픈 밤』은 이러한 시선들에 민감하게 반응하며 세심한 이야기로써 응답하는 작가의 시선이 투영된 작품집이다. 그 눈길을 따라가 보면, 우리는 이러한 물음과 조우하게 된다. 뿌리 깊은 말(글)의 역사는 과연 타당한가, 내가 믿고 있는 세계는 이대로 괜찮은가.

실존의 근간 자체를 사회로부터 인정받지 못한 자들은 잦은 부침을 겪을 수밖에 없다. 존재 자체를 부정당하거나 존재 조건을 박탈당한 자들은 끊임없이 존재감을 확인받고 싶어 하는 삶을 살아가게 된다. 「이식(移植)의 시간」에서 재일교포 3세로 태어난 겐고는 자신을 "벽에 걸린 옷"에 비유할 만큼 불안정한 존재였고, 나 역시 그런 "떠도는 것만" 같은 기분을 느꼈던 적이 많았기 때문에 겐고에게 친근감을 갖게 된다. 그럼에도 계속해서 시험대 위에 올라 자신을 존재 증명해야 하는 사회에서 둘의 약한 고리는 쉽사리 끊어져 버리고 만다. 나는 한국의 아버지에게 "버림받지 않"기 위해 악착같은 삶을 살아야 했고, 차별받지 않기 위해 "밤을 낮처럼" 여기며 한국어 공부에 매진해야만 했다. 겐고 역시 그 시절의 나를 "필사적"이었다고 기억하고 있을 만큼 무던히 애를 썼지만, 동생과 동

생의 어머니로부터 나는 "독한 인간"이라는 증오의 말을
들으며 또다시 흔들리게 된다.

그 오랜 부침의 시간 뒤에 나는 겐고와 다시 만난다. 평
생 대립각을 세우며 살았고 아버지가 돌아가시면 귀화를
하려 했던 겐고였지만, 막상 아버지가 떠나고 나니 겐고
역시 혼란스럽다. 시간이 경과했고 두 사람은 이전만큼
약하진 않지만 여전히 어딘가에 붙박여 살아가기가 어렵
다. 어쩌면 평생 "불안정한 신세"를 면치 못할지도 모른
다. 명확하게 단정 지을 수 있는 건 없다. 다만 그들을 통
해 우리가 할 수 있는 건 이 땅에서 "세월과 함께 잊힌 사
람들"을 기억하는 일일 것이다. 끊임없이 요동치는 그들
의 삶을 완전히 바꿔놓는 것은 불가능하지만 그들에 대한
이야기를 들려줌으로써 그 삶에 귀 기울이게 하는 일, 그
것이 작가의 시선이기도 하다.

「꽃 중에 꽃」에 등장하는 할머니가 바로 그러한 존재들
중 한 사람이다. 이 소설은 돌아가신 할머니에 대한 추모
이야기이면서 끝내 자기 존재를 밝히지 못한 할머니의 삶
을 사적으로 새겨둔 기록이다. 할아버지 댁 아래채에서
처음 만난 할머니는 나의 친할머니가 아니다. 내 엄마에
게는 자신의 아버지를 빼앗아간 "나쁜 년", "더러븐 할마

시"였지만 나는 이상하게도 할머니에게 마음이 끌린다. 그렇게 맺어진 연으로 나는 할머니의 임종을 지키고 장례를 치른다. 연주의 마음 씀씀이는 역사적 존재로서 더불어 윤리적 주체로서 우리에게 남겨진 과제를 사유하도록 이끈다. 어쩌면 내게 "할아버지의 '작은마누라'로만 기억되었"다가 잊혀버렸을지도 모를 할머니의 이야기는 역사의 이면으로 사라져버려서는 안 되는 또 다른 역사들이다. 할아버지의 죽음 앞에서도 눈물 한 방울 흘리지 않은 "독한 할마시"의 사연은 연주를 통해 이야기된다. 가족들 누구도 몰랐던 그 역사가 현재로 연결되도록 가교 역할을 담당하는 이가 연주이고, 그것은 할아버지와 할머니 간의 인연의 끈("빨간 댕기")으로도 이어져 있다.

할아버지가 돌아가신 뒤로 볼 수 없었던 할머니를 나는 5년 만에 다시 만난다. "수요집회라는 데를 한번 와보고 싶"었다는 할머니의 말에서 나는 그녀가 겪은 일들을 짐작하게 된다. "가슴에 평생 지울 수 없는 멍 자국"을 새긴 채 살아온 할머니는 "두려움"을 떨치지 못해 끝내 집회 현장에 참여하지 못한다. 그날 밤, 할머니는 할아버지에 관해 얘기해준다. 할머니가 내게 들려준 그 이야기는 할아버지에 대한 이야기(history)였지만 동시에 그것은 할머니의 기억 속에서 삭제된 그녀의 삶이기도 하다. 할머니에게서 연주, 그리고 엄마에게로 전해진 이 이야기는 역사가 소거한 그녀의 이야기(herstory)이기도 하다. 참혹했던 시절의 고통으로 얼룩진 몸은 어린 시절의 자신을 완전히 잃어버리게 만들었다. 그러나 전쟁이 끝난 뒤 다시 만난 할아버지로 인해 할머니는 '이정례'라는 자신의 이름을 되찾게 된다. 하루코나 이춘자가 아닌 이정례라는 이름을 회복하는 과정은 할머니의 내력이 누락된 역사에 새겨지는 일이기도 하다.

더불어 할머니가 소중히 간직했던 빨간 댕기는 할아버지의 연정의 징표이기도 했지만 동시에 군인들에게 처참하게 짓밟힌 또 다른 소녀 애분, 나아가 "생지옥"에 다름 아니었던 그 시간들을 연상시키는 피의 상징이기도 하다. 그날은 할머니에게 훼손된 신체(잘린 엄지손가락, 부러진 한쪽 다리)로 새겨져 있다. 할머니 "몸에 올올이 새"겨진 잊을 수 없는 기억은 생을 마감하는 그날까지 그녀를 괴롭힌다. 온몸이 "문신 자국으로 얼룩져 있"는 할머니는 다른 사람 앞에 자신의 몸이 드러나는 일을 두려워한다. 죽는 것보다 "염(殮)하는" 게 더 무섭다는 그녀의 말은 나의 마음을 "저릿"하게 만든다. "이승을 하직하는 사

람 앞에서 소리 내 울모 영혼이 구천을 맴"돈다는 할머니
의 말을 떠올려 봐도 그 죽음 앞에서 울음을 참아내기는
어렵다. 소리 내 울지 못했던 할머니가 정말 독한 존재인
가. 오히려 그녀가 소리 내 울지 못하도록 한 역사, 평생
토록 홀로 고통을 떠안게 만든 그 역사가 문제인 게 아닐
까. 몸에 들러붙은 고통의 기억은 죽어서까지 떨쳐지지
않을 것이다. 그나마 할아버지와 연주 덕분에 그녀는 위
로를 받았다. 꽃처럼 살아보고 싶다던 할머니는 꽃들 속
에서 꽃이 되었다. 그리고 그 이야기는 연주를 통해 많은
친구들에게 전해질 것이다. 그렇게 할머니는 잊히지 않
고 기억될 것이다. 그것만이 남겨진 자에게 남은 최소한
의 도리일 것이다.

　기억은 재구성의 산물이다. 그렇기에 온전한 것일 수는
없다. 그러나 왜곡된 기억으로 인해 누군가에게 상처가
남는 일만큼은 경계해야 한다. 그 사실을 너무도 잘 알기
에 작가는 조심스러운 한걸음 한걸음을 내디딜 수밖에 없
다. 눈앞에서 이미 사라져버렸기 때문에 우리 사회가 눈
여겨보지 않는 것들에 작가의 사유가 머무르는 이유는 바
로 여기에 있다. 『누군가 아픈 밤』은 우리가 잊어버린 소
중한 기억들을 현재화하고 있다. 그것은 과거로부터의 반

성을 촉구하고, 현재를 재구성할 수 있게 하며, 또 다른 미래를 상상하게 한다. 그것은 이 시대를 살아가는 글 쓰는 이의 사명이기도 하다. 작가가 언젠가 꼭 한 번 작품화 하고 싶은 "아득한 유년의 기억"이 있다고 쓴 글을 본 적이 있다. (『작가와사회』, 통권 80호) 그 기억은 언제 어떤 이야기로 우리 앞에 당도할까, 설렘을 안고 작가의 다음 이야기를 기다려본다.

작가의 말

가끔씩, 이십여 년 전, 슬로바키아의 타트라 산맥을 힘겹게 넘어가던 버스 안에서 보았던 새끼 곰의 뒷모습이 생각난다.

눈 덮인 사월의 어스름한 숲속에서 어리디 어린 곰은 문명의 낯선 물체가 내쏘는 불빛에 놀라 허둥거렸다. 자신을 환히 비추는 불빛 속에서 놀란 녀석의 뒷모습은 애처로웠다. 녀석은 너무 놀라선지, 너무 어려선지 바로 숲으로 뛰어들 생각을 못 하고 헤드라이트가 비추는 길을 따라 죽자고 달렸다. 우리는 웃었지만 녀석은 얼마나 놀라고 두려웠을까. 버스에서 내려 저기가 네가 가야 할 길이라고 숲으로 데려다주고 싶어졌을 즈음, 다행히도 녀석은 숲으로 뛰어들었다.

그 후, 녀석은 무사히 잘 살았을까? 아직 살아 있을까? 곰의 수명이 15~30년이라니 살았을 수도, 죽었을 수도 있다.

어떤 기억들은 이처럼 강렬해서 어제 겪은 일처럼 생생한 잔상을 남긴다. 만약 그때 어떤 향기가 있었다면 그것도 느낄 수 있을 정도이다.

그 장면이 그토록 또렷이 기억에 남은 이유는 그즈음, 좀처럼 길이 보이지 않는 글쓰기에 지쳤을 때라 어린 곰이 막막하게 허둥거리는 뒷모습에 내가 투영되었기 때문일 것이다.

수없이 많은 기억들이 시간이 흐르는 사이에 지워지고 또 지워진다. 본 것도, 읽은 것도, 느낀 것도, 생각한 것도….

그 중 내게 와서 끝내 이야기가 되는 것들이 있다. 대부분 아픈 이야기들이다. 언제나 삶의 아픈 곳에 눈길이 가는 이유는 연민 때문이다.

우리의 삶은 대체로 고단하다. 화려해 보이는 삶의 뒷모습이 알고 보면 슬픔투성이일 수도 있다. 타인의 생에 대해 함부로 정의할 수 없는 이유이다.

곳곳에 지뢰처럼 숨어 있는 복병들을 피하기 위한 몸부림이 생이라는 생각을 한다.

그 생이 인제 너무 길어졌다. 그 긴 생애들이 지금보다 결코 행복해질 것 같지 않다.

그 긴 생애가 마냥 행복하다면 세상에서 이야기가 사라질 수도 있지 않을까? 누구나 행복한 세상에서는 어떤 이야기도 흥미롭지 못할 것 같다. 그때도 이야기가 있다면 어떤 이야기일지 정말 궁금하다. 그래도 지금보다는 행복한 사람들이 많은 세상이 되면 좋겠다는 생각이 유난히 많이 드는 신축년이다.

책을 내준 호밀밭과 마지막까지 편집에 심혈을 기울여준 임명선 님이 참 고맙다. 그 마음을 전한다.

곧 다가올 봄을 기다리며

2021년 2월

"세상 모든 것에 감탄하는 지혜로운 사람들의 공간"
도서출판 호밀밭

누군가 아픈 밤

ⓒ 2021, 정 인

지은이	정 인
초판 1쇄	2021년 03월 12일
편집	임명선 책임편집, 박정오
디자인	전혜정 책임디자인, 최효선
마케팅	최문섭
종이	세종페이퍼
제작	영신사

펴낸이	장현정
펴낸곳	호밀밭
등록	2008년 11월 12일(제338-2008-6호)
주소	부산 수영구 광안해변로 294번길 24 B1F 생각하는 바다
전화, 팩스	051-751-8001, 0505-510-4675
전자우편	anri@homilbooks.com

Published in Korea by Homilbooks Publishing Co, Busan.
Registration No. 338-2008-6.
First press export edition March, 2021.
Author Jeong In
ISBN 979-11-90971-43-0 03810